傾心

人生七卷詩

陳義芝◎編著

自序

遇見詩的時刻

◎陳義芝

《傾心：人生七卷詩》不是一本文學史參考資料，雖然其中不少詩人在文學史上將佔有一席之地。

中文新詩歷經百年創發，海內外開枝散葉，奇花異卉正多，若兼收各世代、各不同風格作品，即使輯印二十冊，也還會遺漏若干名家。二〇一三年北京大學教授洪子誠與中國人民大學教授程光煒共同領銜編選的《中國新詩百年大典》，即多達三十冊。

《傾心：人生七卷詩》是一本新詩研讀舉要，取不同世代詩人代表作，略作品評，以供讀者閱讀參詳。這回以主題畫分，未來還可以藝術手法、意象、體式，或性別、世代……等加以編選，透過多重角度享受閱讀喜悅。

以主題編選呈現各詩的意涵，最適合大眾閱讀，因為藉詩的美感橋梁，使人心蕩神移，容易產生心靈共鳴，接受人生的啟示。

本書緒論，提示十三個問題，是進入詩國的前提認知。下分七卷：

・卷一：人格典範

仰望時空長河中一些不凡人物的特殊表現、人格精神，例如：中國古代的孔子、莊子、季札、蘇軾，或是外國偉人如：甘地、泰戈爾。

・卷二：自我鑑照

在生命這一面大鏡子前，省視自己寄託的形像。無妨是一隻蝴蝶、一把劍、一隻鷹、一棵花樹，或是曠野的獨步者、暗夜的守護者。

・卷三：愛情詠嘆

了解愛情原是人生不可免的熱望或困惱，歡愉或哀傷，體驗遐思的竊喜、迷醉的忻樂，更見證傾訴之激切、相守之堅貞。

・卷四：倫理之歌

在現實生活中時刻反省：朋友的意義、彼此關懷的方法，珍惜擁有的親情，重視人與人及人與環境的關係。

・卷五：哲思冥想

自然，啟迪人的觀照；人文，引發人的思想。生，所為何來？須當經歷何等試煉？……回到內心深處叩問，這些都是重要課題。

・卷六：地誌書寫

不論城市或鄉村，也不論具體地標或感覺風情，地誌書寫成就了人文景點，凸顯了自然特色，賦予現實景觀以深沉情思。試想：臺北、臺東、花蓮、宜蘭……你會怎麼寫它？

・卷七：社會關懷

戰爭殺戮、貧窮無助、政治傾軋、族群壓迫……，人間苦難亟待詩人發揮悲憫抗議的力量，冷肅揭露。

《莊子》論「道」，說大道是無法窮盡的，且讓我們率性地逍遙，徜徉在自然規律中，不一定去什麼地方，也不必設想有什麼必須的作為。莊子強調交融、體會，難以言傳的「得道」方法。

學詩的道理，相近似：必須摒除外在紛擾，找回一顆清淨的心，仔細體會詩人用語言構築的情境，隨著有韻律的情意神遊，自然就能產生抒吐的暢快。

詩人構思迷人的情境，當他的心靈沉浸在這種狀態，是他遇見詩的時刻。讀者震驚於詩人說出自己說不出的感覺，連結舊經驗，開啟新視野，心靈彷彿淘洗一遍，也是遇見詩的時刻。

尋找詩的時刻，未嘗不是人生的價值。幼獅文化公司主編林泊瑜知我長年讀詩，評點詩，手邊有一些現成的稿子，屢屢敦促，囑我新編成冊。我先以這七卷詩呈上，命名「傾心」，期望更多讀者因讀詩而擁有豐富的人生風景。

二〇一九年一月一日寫於紅樹林

目錄

自序 遇見詩的時刻 002

緒論◆新詩十三問

何謂詩？ 013
詩與靈感 014
新詩的興起 016
詩的主題思想 017
詩的意象 019
詩的聲律 021
詩的語言 024

形式與內容 026
詩與生活 028
詩的時代性、民族性 030
新詩與古典 032
抒情詩與敘事詩 034
如何學寫新詩 036

卷一◆人格典範

仲尼回頭◎蕭蕭 043
莊子◎羅智成 046
延陵季子掛劍◎楊牧 052
東坡在路上◎陳義芝 058
印度◎瘂弦 067
回向◎胡適 074

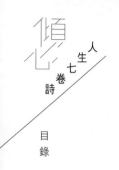

卷二◆自我鑑照

我思想◎戴望舒　081
鷹◎羅智成　083
只是一株細瘦的山櫻◎陳育虹　087
故劍◎張錯　091
狼之獨步◎紀弦　097
守夜人◎余光中　100

卷三◆愛情詠嘆

雨巷◎戴望舒　107
無題之一◎穆旦　112
無題之二◎穆旦　113
蛇◎馮至　116
山鬼◎鄭愁予　120

私語◎余光中 124
因為風的緣故◎洛夫 130
給橋◎瘂弦 134
我摺疊著我的愛◎席慕蓉 140
我告訴過你◎陳育虹 145

卷四◆倫理之歌

蝴蝶◎胡適 149
歲暮懷人◎何其芳 151
日常的遺言◎初安民 156
他們贏了◎孫梓評 161
沒有名字的碑石◎林煥彰 164
土地從來不屬於◎吳晟 168

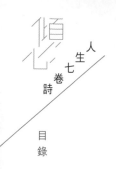

卷五◆哲思冥想

十四行（之16）◎馮至 175
追求◎覃子豪 179
斷章◎卞之琳 182
長頸鹿◎商禽 185
燈下削筆◎陳義芝 188
菩提樹下◎周夢蝶 192
常州天寧寺聞禮懺聲◎徐志摩 197
如歌的行板◎瘂弦 203

卷六◆地誌書寫

金龍禪寺◎洛夫 209
臺東◎余光中 212

佐倉：薩孤肋◎楊牧 216
島嶼飛行◎陳黎 222
頭城◎零雨 227
巴黎◎瘂弦 231

卷七◆社會關懷

阿富羅底之死◎紀弦 237
信鴿◎陳千武 240
拔劍◎楊澤 244
盲夢◎須文蔚 246
不忍◎許悔之 248
鹽◎瘂弦 252
這一天，讓我們種一棵樹◎李敏勇 256
我的姓氏◎向陽 261

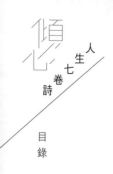

緒論

新詩十三問

何謂詩？

詩不論新舊，其第一判讀標準，在於它是不是詩，有沒有具備詩的質素？古人說：「詩者，志之所之也。在心為志，發言為詩。情動於中，而形於言。言之不足，故嗟嘆之。嗟嘆之不足，故詠歌之。詠歌之不足，不知手之舞之、足之蹈之也。」明確地說明了情意是詩歌誕生的主體；以言語為本，而具有嗟嘆、詠歌、令人起手舞足蹈感染作用的就叫做詩。

要表達情意，詩當然要有意義。有的詩清晰可解，有的詩溫厚可感，我們相信除了類似絕對音樂的「純詩」以外，一般的詩都有特定的意涵。

要達到嗟嘆詠歌之效果，詩語言之音樂性就不能不特加考慮——斟酌文字的功效，從自然中找到各種可供師法的原則。

而為了使情感能傳送出去，與讀者發生共鳴，構思之新奇、文辭之修飾、意境之經營，也是必不可少的。

換句話說，光是描寫清楚的，不能算是詩；光是辭句鏗鏘的，也不能算是詩；一定要詩人的情感和意念能夠以獨特方式形象化的表現出來，那才叫做詩。

一般人很可能以為詩篇短小，不太可能負載沉雄厚重的東西，殊不知「尺幅千里」正是詩學的精微奧妙。總之：不論舊詩新詩，它都不單是一種情緒的發抒而已，應是情志的凝聚、情懷的開展。

詩與靈感

靈感也就是古人所謂的「興」（觸發）。

一個在現實生活裡感性豐沛又敏於思考的人，靈感躍出之次數，當較常人為多而且活潑。尋找靈感，可從先天才具與後天苦學兩大層面來談。本質上燃不起心靈火焰的人，不可能自平凡事物中釀出美的蜜汁；但若只憑二三機巧，不學即妄圖逞強，詩興也容易單薄、枯竭，無法突破時空限制、匯流出源源不斷的創作力。

曹丕「文以氣為主，氣之清濁有體，不可力強而致」，說的是天生資質高下的問題。劉勰「夫經典沉深，載籍浩瀚，實群言之奧區，而才思之神皐也」，則說明力學足以充實文采，啟發思想。

詩人如何誘發偉大的靈感呢？倚柱即興歷史悲情、看花則聞美人嘆息的敏銳，只能算是一個基礎。在此基礎上，平日還須強力集中意識廣泛觀察並作聯想。李賀騎弱馬、背錦囊以及陳師道閉門擁被覓句的行徑，顯示古代詩人為了強力集中意識所下的苦功。

古今詩理相通，作為一個新詩人，讀書可以觀摩前人的人生世界，使自己體會生活的功力大增，下筆自然有神；多觀察、多思考，可以儲備豐富的素材，幫助自己歸納整理，創造出典型的人間情態。準此觀之，靈感並不是憑空來的。一心「守株待兔」的人，終將使田園荒蕪。

新詩的興起

《文心雕龍・通變篇》裡提到文學必須在繼承正統的基礎上追求革新變化，才能流傳久遠。顧炎武《日知錄》也提到文學呈現一種「代變」的趨勢：「三百篇之不能不降而楚辭，楚辭之不能不降而漢魏，漢魏之不能不降而六朝，六朝之不能不降而唐也……」江流滾滾，每一代都有秀異才人，參古定法，創出代表那一時代的詩文。

迨至清末民初，舊制度解體，人民生活方式多樣化，士農工商在社會產生複雜的結構變化。有識之士認為，文學也不能不跟著產生自由的、現代的、革命的變化。這種變化固然見之於內容，更主要的是在形式方面——從此，詩不拘泥於句式、韻腳、平仄，不拘泥於對仗工整，但求意涵時新而不僵化，能表現出新時代的各種風貌則佳。

這本是一種進步的潮流，可惜在極端重視舊有形式的中國，遭遇到很大的責難，冬烘們深信五七言、對句的絕對性，認為那才能表現中國詩之美，此外不論你如何創造，都是淺薄；他們既無意接受新的觀念，當然不可能了解新詩實驗出來的另一套詩法。新詩與舊詩的矛盾對立因而形成。

早在一九一七年白話文運動之前，黃遵憲就曾提出「我手寫我口」的主張，至胡適發表〈新文學改良芻議〉，率先嘗試創作新詩至今，詩壇經歷過無數次論戰，無數人懷著熱情理想獻身，終使一般人了解到新詩在表現萬象紛呈的現代事物上，遠較不免流於世俗酬酢的舊詩，堅實有力。一九七〇年代開始，新詩進入臺灣的大學講堂，已正式成為文學史的新篇。

詩的主題思想

音樂有所謂「絕對音樂」，流瀉旋律而不設定主題意義。音樂以音符為媒介，其最大的輸出功能在聲音，因此標不標題，在音樂來講不是那麼重要。詩則不然，詩以語言文字為媒介，語文原是為表意而存在，因此詩人創作時若不能把握生命母題，呈現獨特的人生觀照，詩就不成其為詩了。

沒有主旨的詩，只是一堆情感雜碎，一堆文字玻璃。

為了表現思想，詩人體察人事物，都須具有批判精神，或者以新的角度看到別人未看到的事物，或者以不同的表現方式就同一事物作理想而新穎的觀念詮釋。

明末清初思想家王船山在《薑齋詩話》裡曾把詩中的主題思想比喻作「帥」，軍隊中如果無統帥，那就叫烏合之眾了。李白、杜甫之所以稱為大詩人，是因他們絕少寫作無意義的詩。煙雲泉石、花鳥苔林，任何景物都必須有人的心意投注，才顯出它的靈氣。

十九世紀俄國評論家別林斯基（Belinsky，一八一一—一八四八）也說：「在真正詩的作品裡，思想不是以教條方式表現出來的抽象概念，而是構成充溢在作品裡面的作品靈魂。」詩中的思想就是一股生活的熱情、時代的感覺，沒有了這種熱情、感覺，作品或枯燥或無病呻吟。

我們批評一首詩有沒有深度，主要還是著眼於思想。如何使自己有思想的深度？除了人生歷練以外，多讀書是最直接便當的方法。了然人情、通達世事，下筆前先問自己：為何而作？想表現什麼？把篇意確定再尋章索句，要比先得一句後即東拼西湊寫成一篇，來得完整有力。

詩的意象

意象是由心中主觀之「意」和外在客觀之「象」結合而成。主觀的心意是內藏的、飄忽難測的；客觀的現象是可以看到、可以聽到、可以觸摸的。意雖然可以透過言說傳達給別人，但僅止於認知層面，此意仍屬敘說者所有，別人未必會產生共同的感情；象則不然，象不具強力灌輸性，卻有自由感染力，一種景象示現在眾人眼前，不待教、不待學，眾人即可依據自己的生活經驗、心靈感覺，得到不同等級的情意撞擊，意念從而激湧，作者與讀者情志即有了共鳴。

我國古典詩論不強調「意象」這個詞語，但有「情景交融」的觀念。例如李商隱的〈無題〉詩：「滄海月明珠有淚，藍田日暖玉生煙」，追憶埋藏心中深處那段情的痛楚。滄海月明，鮫人有淚，藍田日暖，良玉生煙，都是具象的麗景，目的在渲染淒迷的氣氛、失戀後的悲涼意。因此，海月、山煙，不是無意識取用的景象，而是為了表意的「象外之象」，為了抒情的「景外之景」，它們是李商隱〈無題〉詩的意象。

西方文藝理論，極重視形象思維，認為文學是通過想像的創造活動，用活生生的形象把普遍觀念顯示出來。例如德國古典哲學大師黑格爾（G.W.F. Hegel）的《美學》即謂：「藝術的內容就是理念，藝術的形式就是訴諸感官的形象。」詩的意象是已注入詩人理念的形象。詩中的任一形象都有其必然性，而不是偶然亂抓亂碰到的。

那麼，我們應如何創造意象？答案是平時多觀察、多聯想。莎士比亞說：「瘋子、情人和詩人，都是幻想的產兒……想像會把不知名的事物用一種形式呈現出來，詩人的筆再使它們具有如實的形象。」《文心雕龍・物色篇》也主張要開放視聽感覺，在自然萬象中流連，如此，抒情寫景才能隨物象而變化，繪色狀聲才能配合心靈而措辭，外在與內在都達到真實合一的境地。

「索物以托情謂之比，觸物以起情謂之興」，比、興這兩種作詩的方法都與「物」有關，比、興是古代詩人創造意象的方法。

詩的聲律

詩以抒情為主，情有沉抑飛揚、輕重疾徐、回旋往復等特性，詩表現這種風神氣韻，自然需要講究節奏音感。

「凡音之起，由人心生也。」《禮記・樂記》說，聲音來自外物的觸發：「哀心感者，其聲噍以殺；樂心感者，其聲嘽以緩；喜心感者，其聲發以散；怒心感者，其聲粗以厲；敬心感者，其聲直以廉；愛心感者，其聲柔以和。」可見各種不同的聲情，與自然、人生之律動密切相應，作者只要善加體會，即能發抒，其精微奧妙之境有時連作者本人也無法預加控制。

詩、歌雖時常並稱，但畢竟不同。歌為了好唱好聽，頗依賴外在聲韻；詩則在情志的暢動下，追求內在節奏，特別是新詩，早已揚棄腳韻與嚴格的平仄規律。然而，若能在自然有機的狀況下與外韻配合而不傷詩意，未嘗不是一件美事。

諾貝爾文學獎得主、愛爾蘭大詩人葉慈（W. B. Yeats）說：「在我看來，韻律的目的是在延長凝神觀照的時間，在這個時間我們是睡著又是醒著，這乃是創造的一段時間，它用一種迷人的單調使我們靜默，同時又用各種變化使我們醒著，它把我們安放在那種真正出神的狀態中，靈魂脫離了意志的壓力而在象徵中顯現出來，假如一些感覺敏銳的人們持久地聽著一個鐘錶的搖擺，或者持久地注視著一種光彩毫無變化的閃耀，他們便會沉入催眠的狀態中。韻律，只是一種比較更柔和的鐘錶之搖擺，是一個人不能不靜聽的；它又有各種變化，它使一個人不致捲出記憶之外而聽得感覺疲倦。」

簡單地說，音韻的巧妙安排促使讀者「凝神觀照」，在意涵上有聚合作用，在美感上有收聽回聲的愉悅效果。變化愈多，感人的力量愈大。

一九八四年，筆者曾作〈古今詩律〉短稿一則。併錄於此：

聲律之講究與否，不是只看押不押韻；凡字句長短，平仄清濁，音的錯綜變化、調的高低抑揚都是。古人所謂的「調聲」、「異音相從」、「內聽」、「合乎脣吻」，和現代詩人講究的「內在節奏」，指涉並無二致。

「內在節奏」的控御，其高下半由天賦，半靠修持。劉勰「聲萌我心」之說，可以解釋為什麼部分新詩人不懂古典詩律，但卻能發出天籟般的聲音。

寫詩時，反覆默誦，以「心口如一」的方式檢視草創的字句，是絕對有必要的。在不影響意象生機的先決條件下，換字、重組或將語言改裝，都是使聲韻和諧的根本做法。

詩的語言

《文心雕龍・鎔裁篇》有「情周而不繁，辭運而不濫」之語，說明詩的情感要表現得周密而不繁累，文詞則要運用得精確而不浮濫，新詩不論使用白話語氣或文言，都要求精省，有暗示性。

詩之所以能予人最大的想像空間，即在其語言構造是根據形象聯想而非邏輯敘述；時間、空間的變換以及意涵的轉折，極為自由。詩篇的章法布置，經常是憑空飛躍而非小步連綴式。古人所謂之「大開大闔」與此有關；「言有盡而意無窮」則是跳躍、精省之後所呈現的妙境。

這裡要特別提的是詩語言的「陌生化」技巧。

陌生化技巧可以反俗，製造「距離感」。俄國文學評論家沙哈洛夫斯基（V. Shklovsky）說：「藝術的技巧是為了使事物變得『陌生』，令形式變得艱難，好教我們更費神也更遲緩地去感知外界的事物，因為感知的過程也是審美的目的，必須延展體會。」

杜甫詩「香稻啄餘鸚鵡粒，碧梧棲老鳳凰枝」，詞序對調，是表現這一項詩的語文特質的典型。瘂弦詩的歐化「君非海明威此一起碼認識之必要」，用意相同，都是為了使詩句不流於濫熟，使讀者有停步思考的機會。

鄭愁予的「我曾夫過／父過／也幾乎走到過」（〈旅程〉），和鷗外鷗「金屬了的總督」（〈和平的礎石〉），將詞類作不尋常的用法，也屬「陌生化」技巧。

詩篇初成，不要急著定稿、發表。古人說「新詩改罷自長吟」，不斷地誦念、斟酌其語感，不斷地試驗倒裝、斷連、重組等方法，為語言把脈，細嗅其氣息，多方嘗試，才能使語言的魅力發揮到極致。

形式與內容

不論那一種藝術，都必須有形式約制，沒有形式不可能完成內容，沒有形式，內容就無從表現。

內容指主題思想，形式指語言、節奏、分行分節等。內容隨時代會有變化，卻無新舊可言；輸送內容的形式則有自由或束縛、新或舊之分。

一九三〇年代作家端木蕻良主張新詩的形式要絕對自由，新詩人應摒棄僵死的形式（包括以音害義的格律、很難令人理解領受的死語言），他以建築為例說：「從有巢氏造了第一個巢的那一天起，人類住房子的原理，一直到現在還沒有變。但是房子的形式已經變了多少了。從哥德式、中國宮殿式，一直變到紐約城的摩天大廈，將來還有人預備完全用玻璃建築房子……房子的形式為什麼沒有人起來干涉，可以交給一個工程師隨便去設計？詩為什麼，就不可以交給詩的工程師來隨便設計？……對形式可以選擇，但不許干涉！形式要求絕對的自由。我們要給形式以最大的自由，文學才能更活潑。」這是一種為反舊詩而有的說法。對於一個成熟的詩人而言，是正確的，但對初學新詩的人，可能會有誤導，不僅認為詩的整齊美、音樂美可以完全不顧，更以不合語法的句子、參差雜亂的分行排列，標新立異。其實，形式的創新，仍應依循法度，應不違背心靈交感的自然程式——新美而不苟異！

一九三〇年代著名詩人李廣田，在《詩的藝術》一書中有較持平的看法：

> 在一般人看來，詩是最容易的甚至比散文小說都容易，因爲詩寫起來似乎不必費力，因爲只是把所要說的話分了行或分了節寫出來就行了。也許正因爲這樣，詩的產量才這樣大，也許正因爲這樣，好的詩才這樣少。我們不能說現在的作品中沒有好詩，我們卻可以說，在這種風氣之下，壞詩的生產機會確很多，針對了這一風氣，我們願提出一個要求，要求詩人們去創造（或盡量利用）那比較完美或最完美的形式。
>
> 講求形式，並不是忽略內容，而是要提高內容，藝術在一方面講本來就是技巧的

意思。針對了目前的風氣，我們願說出形式之重要。我們這裡所說的形式是指什麼而言的呢？那實在就是作品的技巧。分開來說，那就是一件作品的章法、句法、聲韻、格式、用字等等。在詩的形式中，最麻煩的，也正是我們目前所最見短絀的，是詩的格式與聲韻。我們反對舊詩，因爲舊詩在這一方面太束縛人，於是大家都不講究格式與聲韻了。然而格式與聲韻的用處是不能忽略的，我們絕不主張作新詩的人要回頭去再用舊詩的格式與聲韻，但是不能不希望詩人去創造自己的格式與聲韻。

上述見解，至今管用。「寫詩如練劍，宜習正道大法。」這是我經常提及的，熟習了口訣、招式，再求創新變化——把穩這個方向，十分要緊。

詩與生活

文學的功用在啟導人生、安慰人生。因此，好的文學是人的文學、生活的文學；好的詩人是熱心生活、真誠做人的人。一個人的文學氣質與他的出身、環境、習染……有密切的關聯，有什麼樣的生活就會有什麼樣的詩。胸懷遠大，詩的格局一定宏闊；心性卑下，其詩亦必反映人的惡質。換言之，一個偉大的詩人只能有不好的脾氣，但不能沒有高尚的人格情操。詩人如果不熱愛生活，不懷著體驗生活的熱情，詩的土壤貧瘠，就不容易開出美麗的花。

缺乏厚實的生活內容，只知追求文字華采，就好像一個遲暮的婦人迷信脂粉能夠再造她的美貌。

一九四七年諾貝爾文學獎得主紀德（André Gide）就說過：「當藝術和生活的真實性脫了節的時候，藝術就成了矯揉造作的東西。……藝術是從堅實的土地基礎、人民的生活中吸取來的。」

而一個人的生活體驗畢竟有限，如何加速拓展眼界，讀書毋寧是最好途徑——與不同時空中不同年齡、不同膚色的人，一同實踐、一同呼吸、一同血淚悲歡，對於淬鍊自己詩的功力，絕對大有助益。

再說生活如何轉化為詩呢？靠「博觀約取」的藝術手法！你看那些戲劇臉譜好了，正是從千千萬萬張人世中的臉選取、歸納而定型的。把生活原樣搬進詩裡，不僅平凡平淡，並且瑣碎、枯燥、無意義。

詩的時代性、民族性

文學是時代的表現。優秀的作品必以反應人類精神的憧憬需要、社會的風尚習俗為標竿。能夠經得起時間考驗的「時代性」，是已將創作熱情提升到哲學思考的層次。杜甫懷志士仁人之節，熱血而多淚，以〈北征〉、〈兵車行〉、〈三吏〉、〈三別〉等名篇，為他所經歷的時代留下真實的刻畫，他是代表唐代的詩人，也即是代表中國的詩人。一千多年後的今天，我們透過杜詩，仍清楚看到鮮明躍動的時代性，看到「民胞物與，痌瘝在抱」，中國詩極深沉感人的精神基礎，乃更加堅信關切現實原本是中國詩歌的一個優良傳統。

《詩品》說：「嘉會寄詩以親，離群托詩以怨。至於楚臣去境，漢妾辭宮，或骨橫朔野，魂逐飛蓬；或負戈外戍，殺氣雄邊；塞客衣單，霜閨淚盡；或士有解佩出朝，一去忘返；女有楊蛾入寵，再盼傾國。凡斯種種，感蕩心靈，非陳詩何以展其義？非長歌何以騁其情？」

人事、時事，莫不是詩的題材。

詩與時代關聯之密切，我們還可以舉抗日戰爭時期為例。浮濫的情感、空洞的精神、無病呻吟的詩篇因禦侮之戰一掃而空，朗誦詩、街頭詩、詩標語、詩傳單……應時而起。時代要戰鬥，詩人就展開沉毅不屈的戰鬥；時代要熱情，詩人就熾燃起熱情。卞之琳、何其芳、艾青、臧克家、高蘭……都有受時代召喚而寫的詩集。

再說「民族性」。所謂民族性，就是作品抓住了同胞生活思想的本質，抓住了民族歷史的共同關切。不論他寫的是什麼題材，即使寫異國環境，也能以自己民族氣質的眼睛，以自己同胞的感覺來觀察、來敘述。歌德是德國的詩人，普希金是俄國的詩人，而能夠表現中國人生命底層的韌性、卑屈與弘毅、光榮與沉哀的，我們自然無法忽視他是中華民族的詩人。

新詩與古典

在現代社會若仍執意獨尊舊詩形式寫作，就像騎越野機車卻穿長袍馬褂一樣的不合時宜。反之，輕蔑古典、不知縱向繼承，則如變賣祖產、毀家出走。一個研究古典而寫作新詩的人，理當站在祖傳的田壠上迎向朝曦，以傳統為立足點，追尋現代創作的新意義。換句話說，傳統與現代絕不是相對立的，一個新詩人閱讀古典、學習古典，正像追溯自己的身世一樣重要。其目的有四：

一、教我們有好的心靈典型仰望，學習追求人和自然、人與人和諧的倫理關係。「嵩陽松雪有心期」——是氣節和品格的嚮往。

二、吸收美學經驗，陶冶精神和感情，使我們看到更遼闊的山川世界，感受更大的時間幅度、更豐富的悲歡層次。從而知道我們的目標也應是那樣莊嚴美麗的一個高度。

三、學習割捨次要，迴避末流（借用詩人楊牧語）。舉例說明：讀文學史，我們清楚地看到宋朝江西詩派瘦硬、渾老的詩體到了永嘉四靈，以至於江湖末流，慢慢地偶對精巧，但氣不能出，勢不能豪，終歸猥碎雜細。新詩人在這種揣摩、比較、空中照看的情況下，雖競逐翻新卻不致誤入歧途。

四、學習中國語法的掌握，語言層次的體會，語氣的表達。楊牧說：「閱讀古典，不是為了看水想起『澄江淨如練』，看山都在『虛無縹緲間』。」的確，如只為此，我們只要置備一本《詞林典腋》就好了。

然而，古典所創設的規矩法度，究非我們的終極目標，不可無條件、亦步亦趨的學習，而要創造的、有選擇的學習。繪畫大師李可染說：「學習古人也要分析，筆墨好的，就學筆墨；線條好的，就學線條。過去我曾做過這樣的工作，訂了些小本子，把古畫中的樹木、山石、人物分別臨摹下來。意境好的，就記下整個構圖；自己特別喜歡的，就臨摹全幅。」學詩與學畫的原理相通。

如何不受傳統表述習慣和譬喻系統的範限，如何掙脫陳套語的無形影響，永是我們研討「新詩和古典」，不能不警醒面對的一個課題。

學習古典有沒有可依循的原則？根據古人提示，大要有三：一、博覽群書專心研閱；二、綜括其要領而掌握重點；三、依靠自己的精神氣度融會古人之作，加以變化。能體會得此中真義，即不難寫出穎脫的作品！

抒情詩與敘事詩

抒情詩與敘事詩的區別在於：抒情詩表現以詩人個性為主的心靈世界，外在的現實景象純為烘托內心紛繁之色彩而存在；敘事詩卻是客觀的、外在的詩，要求詩人避免太多主觀情緒滲入，讓一個造型明確的世界、形象清晰的生活在不受約束中，自動發展完成，換句話說，詩人只要選好題材，掌穩語言、結構等形式即可。有人曾作比喻，說抒情詩好比音樂，著重寫意，其奧妙無法以散文翻譯；敘事詩好比建築，著重造型，讀者透過轉述還能感動別人。前者偏恃感覺、才情；後者對題材、結構、戲劇張力，要求得多些。

初學寫詩，宜從抒情詩入門，因為抒情詩的篇幅一般說來都不長，抒情詩是一切詩的靈魂，寫不好抒情詩的人，寫敘事詩將因焦點渙散、語言乏味，使讀者備感無趣。

基本上，中國詩以抒情為傳統，驚才風逸，壯志煙高，蔚為大觀。像〈孔雀東南飛〉、〈木蘭辭〉、〈長恨歌〉、〈琵琶行〉的敘事長構並不多見。新詩亦然，直到一九七〇年代後期，在臺灣，敘事詩由於文學獎的鼓舞才一時大興，有一些人傾心戮力去嘗試。

隨著社會生活日益繁複，人心的體會接收能力大受聲光媒介之侵蝕，今後，若有融入小說情節、戲劇形式的新詩，更可能凸顯新世紀的感知型態。而抒情詩也絕不能再自囿於凡俗瑣碎，把時代的心靈憧憬、苦痛、歡樂，寫進詩裡，應是詩人的職志。

如何學寫新詩

用心、專心是學寫新詩最重要的基本態度。古人畫畫有「向紙三日」之說，強調的正是收攝心神、嘔心瀝血的工夫。

能夠清楚地認知自己為何而寫？寫什麼？如何寫？才可能寫出一首好詩。比起小說、散文、論文，詩打腹稿的時間一點也不能少，詩中的時間、地點、人事、景觀如何敲定、如何發展？醞釀愈久，詩的純度愈高、情懷愈大。

詩人艾青在一九四〇年代指導青年人寫作時，曾說：

假如我們沒把文字重新配置，重新組織，沒有把語句重新構造，重新排列；假如我們沒有以自己的努力去重新發現世界，發現事物與事物的關係，人與事物的關係，人與人的關係，我們就沒有必要去製造一首詩。

大膽地變化，大膽地把字解散開來，又重新拼攏，重新凝固起來。在人家還沒有開始的地方開始起來，在人家還沒有完成的地方去完成它。而語言應該遵守的最高規律是：純樸、自然、和諧，簡約與明確。

這段話提到「語言」和「觀點」兩大創作課題，詩人在這兩方面必須困心衡慮。臧克家〈我怎樣學寫新詩〉一文，詳述自己青少年時的親身經驗，也很值得大家借鏡。摘錄於下：

遠在十年以前，在中學裡念書，第一次對文藝發生興味，詩就抓住了我。歡喜讀別人的作品，自己也常常塗抹，那時候還不了解寫詩的苦處，古人所說的「吟成一個字，撚斷數根鬚」的意義，我也不能嚼出。只覺得寫篇新詩很容易，既沒規律的限制，字句又是語體，而且詩的源泉——熱情，在心頭滾流，有時還可以自造一點。今天學習這個，明天偷摸那個，寫了幾年詩，詩裡卻沒有自己，後來，毫不憐惜的把一大卷底稿交給了一把火。

從那一天起，明白了詩固然離不開熱情，不過，有熱情就有詩的話，那天下盡是詩人了。開始在技巧上磨練，苦心讀古今中外的名著，向先進們學習，學習著鍛句、煉字，學習著在狀景抒情的時候，怎樣從千萬個想像的競爭中去選定那最美、最眞、最恰好的一個。這時候，漸漸感覺到寫詩的難處，爲了求一個音節的調諧，爲了錘鍊一個句子、一個字，有時通夜不眠，中宵裡從床上爬起燃一支洋燭，用一條鉛筆在稿紙上塗抹考削，惹得同室的人，牢騷、諷刺一頓，也是常有的事。

開始脫開依傍，企圖創造自己的詩。一個風格的建立是一件不容易的事，撇開氣質、生活環境……這一些，在格調上，在用語上，你必得是與眾不同的有自己的一套，使讀者掩住名字也能認得出是誰的詩句，而且，讀了這詩句，對你，這詩句的創造者，就有一個明確的認識。

我幾乎想擱筆了，詩，竟這麼折磨人！因爲它沒有死板的格調，所以必須你來一個新的創造，因爲用語不是那一套「爛調」，所以在詞句的運用上更感覺困難。形容一個景物時，別人用過的想像，就是頂妙的，頂好不去再用它，別人用過的詞句就是至美的，我也不去剽竊它。那樣，你便作了別人的奴隸，使讀者不會從你的詩句上嗅到新鮮了。

在這個階段上，忽然感覺到空虛。「有沒有寫詩的才能？」我常常這樣向自己發問。覺得沒有什麼可寫、值得寫。一個更高的要求來了，詩，向我要求更深刻的生活，這是自然的，精神的腸胃裡沒有經驗的食糧，出來的詩句至多是小小的一撅。打開世界文學史看看，哪個偉大的詩人，他的靈魂不曾對人生的深度高度有過探試？不是單純情感的抒洩，不是風花雪月的映照，詩不是好玩的東西，沒有偉大的人格，就不會有偉大的詩。

待到有了一點人生經驗後，我也曾習作過千行以上的長詩，材料的取捨、穿插，個人才力的強弱，表現手腕的高低，一句話，寫長詩更不容易。一個故事，一個人物，一個事件，用詩的言語、詩的語調寫出來，使人讀了，不是小說，不是散文，而須得是一篇活生生的詩。這，我沒有做到好處。

一個詩人必須有一個偉大的思想作一條脈絡貫串著他的作品，（當然，這思想是配合著實踐的）他必得是時代的歌手，歌唱黑暗，更歌唱光明，不然的話，「詩人是預言家」這句話就找不到解釋了。

但是，說起來得臉紅，對這句名言，我感到自己的渺小。

現在，我一方面認眞嚴肅的生活著，想給自己創造一個更大一點的天地，因爲目下的時代太偉大。另一方面，我想向大眾口語的源泉裡去汲取一些活的詩句，你覺得這是奇怪的嗎？大眾口中流露出了多少詩人筆下寫不出來的妙句，這妙句，只要你肯躬腰，眞是「俯拾即得」的啊。不信，順手引取兩句看看：

「針眼大的窟窿，

斗大的風。」

看，形象化不？通俗化不？我不再死伏在桌面上絞自己的腦汁，該要生活來充實詩的內容，該向大眾學習自己的詩句了。

卷一 人格典範

仲尼回頭

◎蕭蕭

走過曲阜斜坡，仲尼曾經三次回頭，一次爲顏淵、子路、曾參、宰我，一次爲孔鯉、孔伋，另一次爲門口那棵蒼勁的古柏。

走過魯國開闊的平疇，仲尼只回了兩次頭，一次爲遍地青柯不再翠綠，遍地麥穗不再黃熟，一次爲東逝的流水從來不知回頭而回頭，回頭止住那一顆忍不住的淚沿頰邊而流。

走過人生仄徑時，仲尼曾經最後一次回頭，看天邊那個仁字還有哪個人在左邊撐天上的那一橫地上的那一橫，留個寬廣任人行走。

品評

蕭蕭（一九四七—）本名蕭水順，生於臺灣彰化，臺灣師範大學國文研究所碩士，曾任教於景美女中、北一女中、明道大學。其詩作構思清奇、富含哲理。除以詩、散文創作知名，並有豐富的現代詩評論、教學及詩選編輯成果。代表作如《皈依風皈依松》、《蕭蕭・世紀詩選》。

〈仲尼回頭〉分成三段，與一般新詩分行的形式不同，與散文分段形式相像，因此也稱「散文詩」，但因為通篇都以象徵表現，如果只看表面敘述，並不能了解其意涵。所謂「意在言外」，才是詩的原理、詩的旨趣。所以分辨它是散文詩或小品文（散文），外形未必分辨得出。

這首詩的場景設在孔子故鄉曲阜。詩中不斷出現「回頭」一詞，「回頭」代表不放心、關切、眷顧。顏淵、子路、曾參、宰我，是孔門弟子代表，孔子一生講學，照顧學生，與他們關係親近、感情深厚。孔鯉是孔子的兒子，孔伋是孔子的孫子（也就是子思），對兒子、孫子的關心自不必說，《論語》中多次出現的「伯魚」，即是孔子兒子孔鯉的字，孔鯉比孔子早逝，做父親的必然哀慟。子思是儒學的傳人，有「述聖」之稱，大約四、五歲的時候，孔子過世。詩中的古柏，是堅貞、蒼勁的人格象徵，蕭蕭將這棵古柏安置在孔子家門口，顯見這是孔子特別著重發揚的精神。

第二段從家門、故鄉擴及整個魯國。青柯是否翠綠、麥穗是否黃熟，是民生問題，是一個政治家對天下蒼生的悲憫。「東逝的流水從來不知回頭」，表示時間如流水不回頭，孔子忍不住的淚則是一位思想家對生命的感慨。

第三段的「人生仄徑」，是指孔子生在周朝王室衰微、禮樂制度廢弛的時代，早年他窮苦沒有地位，後來雖然也有機會問政，但不斷地遭遇各種險阻。蕭蕭提出孔子最重視的「仁」字，將仁字的筆畫模擬成生存空間，以「留個寬廣任人行走」具體表現孔子所說的「仁者，己欲立而立人，己欲達而達人」的人生原則，這是多麼美善的情操啊！

莊子

◎羅智成

從知識的傷口望出
濃雲正被急速拖曳
萬里美景的包裝正被打開——
只是等了許久還不現天光
因爲大鵬過境

大鵬過境
大塊噫氣
所有心思被連根拔起
所有空虛的事物被吹出聲響
甚至凝聚的視野
也被舞成彩綢萬匹——
有人才要去追他的鋤頭
轉眼又失去了自己

在一場不尋常的爭辯後
我們緊緊攀住脫韁而逝的大地
暈眩　沮喪　不住地喘息
他點石成兵的話語激射橫流
幾乎支解所有常識
隱約的浮石
是我們被沖擊的心智

沒有人知道他活得如何
也不知道他對生命滿不滿意
但是他高海拔的視野
極大化的觀點必然嘲弄了
文明禮教的生澀拘泥
先秦聖賢的苦心孤詣

關於美麗的蝴蝶濠上的游魚
北溟的鯤鵬或南極的藍鯨
原本都不是我們的話題
但是我們都跟著他雄辯的想像
身陷在這裡

在一場不尋常的爭辯後
我們緊緊攀住脫韁而逝的大地
暈眩　沮喪　不住地喘息
但是他繼續用大尺度、大跨距的寓言
堆砌　堆砌
現實素材建構不出
令人搖搖欲墜的高度
但是我們都
身陷在這裡

穿粗褐的主人
逕自去放風箏
「來！」他在嶙岩上大喊
「我們來探勘虹的筋脈！」
地球自轉的聲音
掩蓋了莊子的話語

斷線的風箏迅速隱入天際。

品評

羅智成（一九五五—），出生於臺北市，臺灣大學哲學系畢業，美國威斯康辛大學東亞研究所博士班肄業。曾任《中時晚報．時代副刊》主編，臺北市新聞處長，是一位懷抱文明理想的詩人、文化評論家，詩作以原創、深邃廣受推崇。代表作如《光之書》、《夢中書房》、《諸子之書》。

本詩選自《諸子之書》。該集以抒情兼融敘事的筆法，頌詠各種典型人物，包括中國古代儒、墨、道、法等不同的思想家。〈莊子〉一詩闡揚道家風流逍遙、順應自然的情境，人間的理念知識是有別的、講對立的，必須擺脫這樣的傷口束縛，穿破濃雲遮蔽，才能望到美景，得到詩性智慧。這種心靈美景不是自然表相，而是莊子給予我們的啟發，如大鵬乘風而過，大自然將我們的心思俗念洗淨、掏空，在空無中聽到天地的聲響，看到「彩綢萬匹」的奇幻視野。這種感受不是用呆板知識能體會到的，因此羅智成說：如果你想追蹤莊子到底用鋤頭種了什麼，不但追不到，還會迷失了自己。

莊子擅長以寓言故事說理，以天地間幽微的現象支解一些現成的知識（「隱約的浮石」）。「我們緊緊攀住脫韁而逝的大地」，呈現一種遊乎四海之外的逍遙感。

如果少了道家思想，中國文化將因落實而單調。莊子的宇宙觀照，在詩人眼中是

「高海拔的視野」，莊周夢蝶、濠梁之辯、鯤鵬之化都是《莊子》一書著名的典故，「南極的藍鯨」是羅智成交融古典的當代元素。詩人身陷在莊子「雄辯的想像中」，用「身陷」表達不能自已的被吸引，因而有仰慕讚嘆之意。

倒數第二節，「穿粗褐的主人」指莊子。《莊子．山木》有「莊子衣大布而補之」的描述，「放風箏」是讓情思飛翔的意象，要帶讀者飛到更高、更遠，甚至是邈不可見的境地。

延陵季子掛劍　◎楊牧

我總是聽到這山岡沉沉的怨恨
最初的飄泊是蓄意的，怎能解釋
多少聚散的冷漠？罷了罷了！
我爲你瞑目起舞
水草的蕭瑟和新月的寒涼
異邦晚來的擣衣緊追著我的身影
嘲弄我荒廢的劍術。這手臂上
還有我遺忘的舊創呢
酒酣的時候才血紅
如江畔夕暮裡的花朵

你我曾在烈日下枯坐——
一對瀕危的荷芰：那是北遊前

最令我悲傷的夏的脅迫
也是江南女子纖弱的歌聲啊
以針的微痛和線的縫合
令我寶劍出鞘
立下南旋贈予的承諾……
誰知北地胭脂，齊魯衣冠
誦詩三百竟使我變成
一介遲遲不返的儒者！

誰知我封了劍（人們傳說
你就這樣念著念著
就這樣死了）只有簫的七孔
猶黑暗地訴說我中原以後的幻滅
在早年，弓馬刀劍本是
比辯論修辭更重要的課程

自從夫子在陳在蔡
子路暴死，子夏入魏
我們都悽惶地奔走於公侯的院宅
所以我封了劍，束了髮，誦詩三百
儼然一能言善道的儒者了……

呵呵儒者，儒者斷腕於你漸深的
墓林，此後非俠非儒
這寶劍的青光或將輝煌你我於
寂寞的秋夜
你死於懷人，我病爲漁樵
那疲倦的划槳人就是
曾經傲慢過，敦厚過的我

品評

楊牧（一九四〇—），本名王靖獻，臺灣花蓮人，美國柏克萊加州大學文學博士，曾任教於美國、香港、臺灣等地著名大學。三十二歲以前使用筆名「葉珊」即馳譽文壇；之後啟用「楊牧」新筆名持續創作。在詩、散文、戲劇、評論各方面都創下令人驚嘆的成績。他的作品質精量大，思想深沉，風格又屢屢創新，是當代華文界最具代表性的詩人。

「延陵季子兮不忘故，脫千金之劍兮帶丘墓」，是楊牧借用的一個戲劇情境。詩中的「我」，可以看作是古之季札與今之楊牧合成的一個角色，季札的感慨與楊牧的感慨也是時而錯落時而合一地出現。頭三行寫季札出使歸來，回經徐國，想把劍贈予徐君，徐君已死，他只能聽到山岡的沉怨，無從解說人生之聚散。「我為你瞑目起舞」，「你」指徐君，我冥思過去這一段時日，心情像隨勢起舞一般激動。底下水草、新月的糾葛淒清、擣衣的秋聲，及酒酣情熱，全是過去那段日子的寫照。這也是楊牧離開家國至北美念書的心情，詩中的「你」，可以是生離死別特指的某一個友人。

第二節用烈日下一對瀕危的荷芰，形容一起共煎熬過、共患難過，恰似女子歌聲的挑動與撫慰，令他發誓學成歸國，如季札出使完畢要將佩劍獻給徐君一樣。可是，事與願違，種種阻隔變化，竟使他遲遲未返。

第三節寫道，聽說徐君是在思念中死的，如此更增加了「我」的悔痛、詩的戲劇張力。古今相映，遲歸的詩人也有傷逝之情。封劍弄簫是因世界敗壞不安引起的一種幻滅。早年朋輩友人原都有弓馬刀劍匡時濟世之志，而今勞燕分飛，那如子路、子夏般優秀的也已遠去亡故，剩下的竟一一奔走於公侯院宅，甘為卿客，求官求名。要這樣的追求又有何用呢？（按，季札觀樂於魯，孔子方八歲，楊牧《奇萊後書》對此詩有說明：延陵季子當然不可能是子路和子夏等人的同門。我增加這一節，純係為戲劇張力的思考。）

最後一節，以「斷腕」表明掛劍決絕之痛。寶劍的青光之所以能輝煌你我於寂寞的秋夜，因為它照亮了人間重然諾、講信用、雖死不渝的情義。你既為懷人而死，則我不論從前傲慢過或敦厚過，到現在都只能疲倦於江湖。延陵季子流傳的是講信講義的精神。

東坡在路上

◎陳義芝

東坡在路上
和童僕和一匹驢
和飄忽的風煙窸窣的草葉
來不及與家人道別，他
望見地平線露出
黑硯的顏色

太陽揮舞著鐮刀
風吹響尖利的口哨
白天一頂烏帽一根崖竹
夜晚一襲薄裘一彎殘月
垂蔓把路遮掩
灰鷹將翅翼交給藍天

他穿著布鞋走，我看到
在割草在蓋雪堂
他擔著竹筐走，我看到
在陌生的土地上種黃桑
從年輕走到老
憑一間又一間小屋暫住

曾經近在咫尺的仙宮
記憶只剩下一堆塵土
伴他神遊的白鹿
已沒入秋草無蹤
他成了一朵偶然停駐的雲
一隻射鹿人追趕的鹿

帶著父親與亡妻的棺木
曾經顛躓過一千里

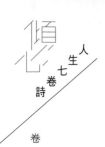

但不曾像此刻這般如寄
三萬棵松樹種在家鄉的
山岡，層層疊疊
明月的記憶

遙想故城的人物
遙望岡陵的草木
沅湘漢沔都已匯流
只有他仍不知此行歸處
並非山野之人竟成山野之人
原是可遇之才竟成不遇之才

如吟唳的猿鶴在野
即使在朝。起伏如梭的詩人
在路上如在家
他是權倖與異端，乖僻與

剝削的反對派
很少講憤怒的話

有人拿詩到油鍋裡炸
詩在油鍋爆出更多的字
有人拿他這枚棋當飯吃
他在飯渣中吐出更多的蒼蠅來
快雪時晴佳
想安善，未果

殺他的奏狀在朝中
拘他的兵丁在路上
害他的蛙蟈在朝中
窺伺的夜梟在路上
革職的密令在朝中
火焚的詩稿在路上

難以抵擋的水患他已抵擋
難以修築的城牆他已修築
戮力養護的生靈他已養護
剩未了的心事是
何時歸去天空如孤雲
江海如小舟

乘風歸去他原是
天庭除籍的歌姬
人間鼻息雷鳴的彌勒
三品的翰林一品的詩人
原是好飲而善釀的鄰居啊
而今是無歇處的行路人

桂棹蘭槳流不去
美人的目光

誰在陪他走未完的路
是朝雲還是有所思的堂妹
是子由還是聖賢的傳言
大江東去——天涯

在說不出道別之語的路上
湖山就是他的家鄉
今夜一盞松醪在握
一片羅浮春色在心底
他最後一次出發
前往風靜處

品評

陳義芝（一九五三—），生於臺灣花蓮，高雄師範大學國文研究所博士，曾於媒體工作二十餘年，現任臺灣師範大學教授。其創作兼融抒情與敘事，論者稱其詩堂廡闊大，血色淋漓。代表作如《不安的居住》、《我年輕的戀人》、《邊界》。

〈東坡在路上〉以中國文學史上影響最大的一位詩人蘇東坡一生的事蹟為本，刻畫如何面對艱難遭遇，雖不免掙扎而終究曠達的情懷。

宋仁宗嘉祐元年（一〇五六）蘇軾十九歲（按國人算法，有說二十或二十一歲）離開眉山老家，赴京應試，從四川到河南，不論走陸路或水路，都要花上好幾十天工夫。考取進士，初入仕途又因母喪、妻死及父親過世，蘇軾兩度奔回四川，前後一共跋涉了五趟遠程。

在新舊黨爭的時代，蘇軾既不苟從新黨又不盲和舊黨，想安適坐穩一個位子，當然是難上加難。不斷被誣陷貶謫，使他幾乎行遍了大江南北。從陝西的鳳翔算起，依序是：浙江的杭州、山東的密州、江蘇的徐州、湖州；烏臺詩案入獄後，先貶居湖北黃州，再轉至河南汝洲，上表自請居住江蘇常州，隨即派任山東登州；召還京師後，出任過浙江杭州、安徽穎州、江蘇揚州及河北定州的知州。紹聖元年（一〇九四）五十七歲的蘇軾又再被貶南荒，在前往英州、惠州途中，特意與弟弟蘇轍相晤於廣西藤州，同行至雷州。然而命運並不就此罷休，最後還須渡海，去到天涯之遙的海南島儋州。直到徽宗即位，遇赦，才北返；他從廣西廉州、湖南永州、廣東英州、江西虔州、江蘇真州一路躓跋，一一〇一年夏，這位衰病的老人歷經憂患掙扎，逝世於旅次常州，終結了令後世低回浩嘆的一生。

〈東坡在路上〉，以一個奔波的行路人為意象，每節六行，共十三節。第一節「來不及與家人道別」，關涉湖州被捕悽惶之況。第二節描寫夜以繼日的奔波，在沒有路可走的時候，他卻像鷹一樣仍有天空的嚮往。第三節以黃州時期為背景，此後命途多舛，到處有人要暗算他、追殺他，即使在朝也像在野，而他獨能安時順命，坦然接受。第七節「起伏如梭的詩人／在路上如在家」，所讚嘆者即此。第八節點出他遭禍在詩，而生命價值也在詩，因為詩，他的人生就無法像平凡百姓一樣度日！第九節字數整齊，句意兩兩相對，特別為凸顯朗誦效果。第十節表彰他寬仁為官、敬謹任事的功績。十一、十二節都用到東坡詩文，包括〈記遊松風亭〉、〈前赤壁賦〉。

回顧蘇軾這一生，兼備聖賢抱負、詩酒風流，有冰肌玉骨的朝雲為伴，有晦藏於心的堂妹相思，也有相知相惜的子由作兄弟，既透闢了生命意義，也就消融了瀕死的恐懼。臨終前他有詩云：「大患緣有身，無身則無疾。」〈東坡在路上〉最後兩行「他最後一次出發／前往風靜處」，扣合的正是這層意思。

印度

◎瘂弦

馬額馬啊
用你的袈裟包裹著初生的嬰兒
用你的胸懷作他們暖暖的芬芳的搖籃
使那些嫩嫩的小手觸到你崢嶸的前額
以及你細草般莊嚴的鬍鬚
讓他們在哭聲中呼喊著馬額馬啊

令他們擺脫那子宮般的黑暗，馬額馬啊
以溼潤的頭髮，昂向喜馬拉雅峰頂的晴空
看到那太陽像宇宙大腦的一點燐火
自孟加拉幽冷的海灣上升
看到伽藍鳥在寺院
看到火雞在女郎們汲水的井湄

讓他們用小手在襁褓中畫著馬額馬啊

馬額馬，讓他們像小白樺一般的長大
在他們美麗的眼睫下放上很多春天
給他們櫻草花，使他們嗅到鬱鬱的泥香
落下柿子自那柿子樹
落下蘋果自那蘋果樹
一如從你心中落下眾多的祝福
讓他們在吠陀經上找到馬額馬啊

馬額馬啊，靜默日來了
讓他們到草原去，給他們神聖的饑餓
讓他們到暗室裡，給他們紡錘去紡織自己的衣裳
到象背上去，去奏那牧笛，奏你光輝的昔日
到倉房去，睡在麥子上感覺收穫的香味

到恆河去，去呼喚南風餵飽蝴蝶帆
馬額馬啊，靜默日是你的
讓他們到遠方去，留下印度，靜默日和你

夏天來了啊，馬額馬
你的袍影在菩提樹下遊戲
印度的太陽是你的大香爐
印度的草野是你的大蒲團
你心裡有很多梵，很多涅槃
很多曲調，很多聲響
讓他們在羅摩耶那的長卷中寫上馬額馬啊

楊柳們流了很多汁液，果子們亦已成熟
讓他們感覺到愛情，那小小的苦痛
馬額馬啊，以你的歌作姑娘們花嫁的面幕

藏起一對美麗的青杏，在綴滿金銀花的髮髻
並且圍起野火，誦經，行七步禮
當夜晚以檳榔塗她們的雙脣
鳳仙花汁擦紅她們的足趾
以雪色乳汁沐浴她們花一般的身體
馬額馬啊，願你陪新娘坐在轎子裡

衰老的年月你也要來啊，馬額馬
當那乘涼的響尾蛇在他們的墓碑旁
哭泣一支跌碎的魔笛
白孔雀們都靜靜地夭亡了
恆河也將閃著古銅色的淚光
他們將像今春開過的花朵，今夏唱過的歌鳥
把嚴冬，化爲一片可怕的寧靜
在圓寂中也思念著馬額馬啊

品評

瘂弦（一九三二—），本名王慶麟，生於河南南陽。青年時代於大動亂中入伍，隨軍輾轉來臺。曾應邀參加美國愛荷華大學國際創作計畫中心，並自威斯康辛大學獲碩士學位。主編文學雜誌及《聯合報．副刊》等重要期刊數十年，文學經驗博大精深。其創作成就見諸《瘂弦詩集》，刻畫離亂世代的心靈，語言風格獨特，影響廣遠。

印度人稱甘地（一八六九—一九四八）為「聖雄」（Mahatma，讀如「馬額馬」，意思是「印度的大靈魂」）。印度之有今日，能掙脫英國殖民統治，成為一獨立自主的國家，主要是因甘地所領導的「不合作運動」。他使印度人恢復了民族的自尊心和自信心；印度人景仰他，膜拜他，尊之為父。

「馬額馬啊……」這等祈使呼告的語氣，使情感顯得真誠急劇；尤貴在春夏秋冬時序之推衍從容不迫，人的一生，從誕生、長養、嫁娶到死亡，也都有遙深的寄意。

藉著對聖雄甘地的讚嘆，瘂弦寫活了印度取得新生最動人的情景！

全詩共分七節。第一節寫嬰兒一生下來（同時也指爭取獨立的印度子民）即體受到甘地的愛與照拂；「讓他們在哭聲中呼喊著馬額馬啊」，聲情在耳。第二、三節：「子宮般的黑暗」，使人聯想到印度在黎明前的掙扎；喜馬拉雅山和孟加拉灣是印度的地理背景，伽藍鳥、小白樺、櫻草花則是符合環境事實的襯物。孩子在自然中（如柿子在柿子樹上「瓜熟」，蘋果自蘋果樹上「蒂落」），接受甘地的祝福，也在印度的經書中明明白白地看到了這一位聖者親切的形象。

第四節歌頌甘地帶引青少年作人生哲學的思索，獻身於勞動，使他們對印度的前途有更進一層的體悟；從「留下印度，靜默日和你」，我們感覺「甘地幾乎就是印度」。

第五節用菩提樹、香爐、蒲團等證道意象，寫甘地宗教家般獻身的精神，將智慧與仁慈鐫刻在史詩的長卷裡。第六節詩人著力刻繪人倫至美的情態，充滿幸福、喜悅和希望，凸顯出甘地親和平易的一面，且含有禮之大成的意義。說它是印度獨立的暗喻，也未嘗不可。

最後一節，「衰老的年月你也要來啊」，記述冬的哀思，深沉綿遠。響尾蛇的哭泣、白孔雀的夭亡、恆河的淚光，都在襯托人的死亡。花開過了，歌唱過了，幕落下來了。然而，「在圓寂中也思念著馬額馬啊」！

回向

◎胡適

他從大風雨裡過來，
向最高峰上去了。
山上只有和平，只有美，
沒有風和雨了。

他回頭望著山腳下，
想起了風雨中的同伴。
在那密雲遮著的部子裡，
忍受那風雨中的沉暗。

他捨不得他們，
但他又怕山下的風和雨。
「也許還下雹哩？」

他在山上自言自語。
他終於下山來了，
向那密雲遮處走。
「管他下雨下雹！
他們受得，我也能受！」

品評

胡適（一八九一——一九六二），安徽績溪人，美國哥倫比亞大學哲學博士。曾任北京大學校長，臺灣中央研究院院長，並曾奉派為我國駐美大使。所著《嘗試集》於一九二〇年出版，是我國現代文學史上第一本白話新詩集。一九一七年他在《新青年》發表〈文學改良芻議〉，提出文學改良八事：

一、不用典。
二、不用濫調套語。
三、不講對仗。
四、不避俗字俗語。
五、須講究文法結構。
六、不做無病之呻吟。
七、不摹仿古人，語語須有個我在。
八、須言之有物。

最先舉起文學革命的大旗，隨即發表新詩，作為這一種新體的「嘗試」。一九一八年又作〈建設的文學革命論〉，提出「國語的文學，文學的國語」的主張。在那個頑固守舊、視文言為正宗的時代，以胡適對舊學傳習之深，而能有創新突破、挑戰傳統的決心和遠見，十分難得。除推行白話文學的功績，胡適同時是一位可敬的自由主義知識分子。

據翻譯泰戈爾（R. Tagore）詩集的學者糜文開記述，這首詩是胡適在泰戈爾六十四歲生日送給他的祝壽詩，題名「回向」，就是讚美他回向民間。泰戈爾，印度詩哲，一九一三年諾貝爾文學獎得主，一九二四年曾到中國訪問。他的詩闡揚清新、聖潔而廣被的愛，例如：

他（按：上帝）是在犁耕著堅硬土地的農夫那裡，在敲打石子的築路工人那裡。無論晴朗或陰雨，他總和他們在一起，他的衣服上撒滿著塵埃。脫掉你的聖袍，甚至像他一樣走下塵土滿布的地上來吧！……

放下你供養的香和花，從靜坐沉思中出來吧！你的衣服變成襤褸或被染汙，那又有什麼關係呢？在勞動裡去會見他，和他站在一起，汗流在你額頭。

明乎此，則不難感受〈回向〉一詩之意涵。

他（泰翁）歷鍊人世風雨（子女夭亡，其妻亦早逝），邁向一個自我淨化、性靈超脫的境地，那裡固然有美和他所愛好的和平，但沒有擴大生命人格服務人群的機會。他想起密雲遮蔽的村子，在暗沉沉風雨中生活的同伴，他不忍心捨下他們，經過一番內心掙扎，終於作了甘苦與共的抉擇，投身有血有淚的人間。

這首詩用平淺的語言，藉一個轉折的情節，寫出一位哲人的偉大。形式工整，有「起、承、轉、合」之結構；避開正面歌誦，無絲毫酬酢氣息。詩篇雖短，隱含之精神剛健，意義深長。

卷二

自我鑑照

我思想

◎戴望舒

我思想，故我是蝴蝶……
萬年後小花的輕呼
透過無夢無醒的雲霧，
來震撼我斑斕的彩翼。

品評

戴望舒（一九〇五—一九五〇）浙江杭州人，就讀上海震旦大學法文班時，與施蟄存、戴杜衡、劉吶鷗等出版《瓔珞》雜誌，提倡文學現代化；嗣後又辦「水沫書店」，編印《新文藝》雜誌。一九三二年出版《現代》月刊，確立中國新詩的現代風格；一九三六年與徐遲、路易士（即紀弦）創辦《新詩》雜誌，開啟了中國新詩的現代主義時代。其詩作，構思精巧、意境曲深、音感諧美。

「我思想，故我是蝴蝶」，第一句很容易令人聯想起十七世紀法國哲學家笛卡兒（René Descartes）的著名命題「我思，故我在」。笛卡兒認為精神的本質是思維，人的心靈是獲得真理的唯一手段。

戴望舒的〈我思想〉有相同的立意，巧妙的轉化——似乎喻示有思想才有今生之情、來生之愛，才能如蝴蝶接受小花的輕呼，振起蛻變而成的斑斕彩翼，飛在一個無夢無醒的永恆之境。

此詩雖僅四行，但詩意淬鍊精純：人不能沒有思想，愛須與思想結合，乃能昇華（從毛蟲變為蝴蝶），進而生生世世，經得起「萬年」的考驗。

鷹

◎羅智成

鷹的棲所是神祕的
峰頂崇樹似乎是
但牠心中還有個更高的地址
在強風裡頭

鷹的心思是神祕的
荒山急流似乎是
但在翼的兩面還同時惦掛著
黑夜與白晝

迎向旭陽
以耀目的光芒剔淨眼垢
背倚烈日

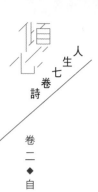

俯顧自己放大在地面的
陰影

有時
豁張兩臂
僵持青天一角
抵抗地心引力
像尊永不下墜的神像。

品評

羅智成（一九五五—），出生於臺北市，臺灣大學哲學系畢業，美國威斯康辛大學東亞研究所博士班肄業。曾任《中時晚報．時代副刊》主編，臺北市新聞處長，是一位懷抱文明理想的詩人、文化評論家，詩作以原創、深邃廣受推崇。代表作如《光之書》、《夢中書房》、《諸子之書》。

以鷹為題材的詩篇甚多，英國詩人丁尼森（Alfred Tennyson）寫的那首，即相當有名：

他彎曲的手鉤住峭壁；
緊鄰太陽於孤寂之地，
青天環抱中，他挺立。

紋皺的海在下面蠕動；
他在山垣上伺機欲攻，
然後雷霆一般他俯衝。（彭鏡禧譯）

羅智成的〈鷹〉寫活了骨勁氣猛、高邁特出之神態。鷹的棲所在比峰頂崇樹更高之處；鷹的心思，在荒山急流的神祕外，帶著日夜時間之謎。牠與旭陽、烈日共生，飛在天與地之間像一尊神像。本詩語法簡勁迷人，強風裡頭、烈日之下、青天一角，詩人安排的舞臺很能彰顯鷹的氣概，「豁張」、「僵持」、「抵抗」等詞語，像鷹爪一般突出了鷹的氣貌精神。

〈鷹〉可以視作詩人的自我比況，也就是他的自畫像。

只是一株細瘦的山櫻

◎陳育虹

只是一株細瘦的山櫻就把整個後院
佔滿了整個窗佔滿了
（細瘦的山櫻有細瘦的枝枒
　細瘦的蕊）
只是一株山櫻就把整個天空佔滿了
整個山佔滿了
（細瘦的山櫻開了千百朵花
　一簇簇緋紅的花啊）
一株山櫻就把整個早晨佔滿了整個
春天佔滿了
（細瘦的山櫻與蝶兒蜂兒
　歡愛細瘦的歡愛）
只是一株山櫻就把整個眼睛佔滿了

整個人佔滿了
（細瘦的山櫻有細瘦的靈魂
細瘦的呼吸）
只是一株細瘦的山櫻就把整個宇宙
佔滿了整個心佔滿了
（一株細瘦的山櫻以及山櫻
細瘦的死
就把整個後院佔滿了）

品評

陳育虹（一九五二—），生於臺灣高雄，文藻外語學院英文系畢業後，任職於臺灣外商機構十餘年。曾移居加拿大，研習法文、藝術史，兼攻油畫。其詩作，感覺纖細，語法纏綿，節奏感極強，自鑄出一種純淨而深情的美學。代表作如：《魅》、

《之間》、《閃神》。並有譯詩成就。

〈只是一株細瘦的山櫻〉描寫山櫻的燦放，吸引作者注目凝思。從後院、窗、天空、山、早晨、春天、眼睛、人，以至於宇宙、心靈，全是山櫻的景象，則山櫻雖細瘦，最後雖不免「細瘦的死」，其鮮明獨特的存在，仍將佔據眼目心神。

本詩以「細瘦」形容山櫻的姿態，起初只是花的視覺掌握，但當作者不斷連用此詞，頻繁出現細碎的摩擦聲，彷彿模擬花開，轉化成「窸窣」這一狀聲詞。於是，「細瘦」的詞意不只停留在原來的語義層面，而有了引發聯想的情境：山櫻開落，原是自然景觀，但當作者講到「歡愛」、「靈魂」，且不說花落而說花死，這就繫連到人情，使人低徊；「細瘦的山櫻與蝶兒蜂兒／歡愛細瘦的歡愛」，「細瘦」一詞既有纖巧、短暫的意思，又雙關了歡愛的窸窣聲。

本詩最明顯的語法是反覆，一而再，再而三，以表達熱烈深切的情思，具現一種單純的、和諧的、集中凝視的美感。除了「細瘦」一詞，反覆出現的還有「只是」、

「佔滿」。「只是」意同「只不過是」，是故作平淡，隨即接續「佔滿」這一擴張性的動作語詞，閱讀感受的反差張力極大。括號中的句子實為主體形象，不在括號中的敘述句反而如旁白，變成編織主畫面的絲線，這在形式安排上亦見匠心。

本詩的音樂性，除由詞語反覆而產生雙聲疊韻的效果，更賴層遞與迴環的藝術手法：空間情境由近處的後院、窗伸展到遠處的天空、山，再回到後院；時間情境從一天的開頭到一年的起始，亦暗含自生至死的循環；心理情境從人的眼睛疊映宇宙之心，表明宇宙即心。所有的意象無不從低到高，從小到大，從輕到重，符合逐層遞進的感受，這種層次感也創造了意境上的韻律。在作者溫柔而強有力的詠嘆下，山櫻已非自然景觀，而是女性的自我畫像，對生命、情愛的觀照。

故劍

◎張錯

想當年你鍊我鑄我，
播我搥我敲我，
把我烏黑的身體
燒成火熱的鮮紅，
而我胸中一股洪洪的壯志
卻在你最後一勺澆頭的井水，
隨著靈臺的抖擻
而變得清澈雪亮，
你磨我彎我撫我，
在春天三月的夜晚，
我終於在你手中悄然輕彈
成一柄亦剛亦柔的長劍。

我知道被鑄成的不是你的第一柄，
我癡望被鑄成的我是最後的一柄，
從你繞指溫柔的巧手裡，
我開始了一柄鋼劍的歷史，
一段千鎚百鍊的感情，
時至今日，
隱藏在劍鞘暗處的我，
將何以自處——
我的歷史只有一種，
你的感情卻有千面。

可是每一個如晦的雨夜
都有一種寂寞在心胸油然滋長，
使我不耐不安
而煩躍吟嘯；

故劍一片的情深，
不是俠氣就能培養的，
不是江湖就能相忘的，
有一種渴望，
不是劍訣就能禁制的，
不是歸宿就能賓服的，
有一種疑團，
在風中苦苦的追問——
當初你爲何造我捨我？
爲何以你短暫血肉之軀，
鍊我春秋鋼鐵之情？
爲何以你數十載寒暑的衝動，
遺棄成我千百世閱人無數的無奈？

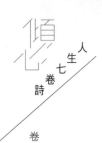

張錯（一九四三—），本名張振翱，出生於澳門，原籍廣東惠陽，香港九龍華仁英文書院中學畢業，臺灣政治大學西語系學士，美國西雅圖華盛頓大學比較文學博士。長期任教於洛杉磯南加州大學比較文學系及東亞系，返臺後擔任臺北醫學大學人文藝術中心主任。其詩作，追尋民族風格及抒情聲音，豪放婉約兼備。代表作如：《雙玉環怨》、《張錯詩選》。

由於他年少時曾習武，好使劍，武學精神造就了內心深處的柔情俠氣，寫了很多以劍為象徵的詩篇，例如〈斷夢刀〉：「倘刀能斷夢，／仍在於殘夢了無可覓，／惟揮刀無法截斷的，／卻是思念的源頭」。〈柳葉雙刀〉：「孤燈之下，／你默然裎裸以示，／以刀鋒的波濤，／以及無法彌補的崩缺，／柔然展呈一段無聲的中國」。其中以〈故劍〉筆法最緜密，結構最完整，劍膽琴心之苦最動人。

張錯寫的故劍之情其實就是故人、故舊之情。詩中的我是被鍊的劍，詩中的你是鑄劍的人；採用戲劇獨白體，說明當年如何被鑄鍊成一柄俠骨柔腸的長劍，如何忠於鑄鍊者的感情，然因情之未得對等回應（我的歷史只有一種，你的感情卻有千面），寂寞深情無處寄，進而切問：你既不能與我長相廝守，當初何必造我之後再捨我？

這首詩的佳妙在意涵多重，扣住劍的歷史經營意象，目的在發抒人的情志，英雄氣與兒女情交織，令人低回。

在句法方面，「鍊我鑄我擂我槌我敲我……」以類字一再出現，強化感應聯結的效果，很容易打動讀者的心，與《詩經小雅．蓼莪》：「父兮生我，母兮鞠我，附我，畜我，長我，育我，顧我，復我，出入腹我。」是同樣的一種修辭法。「我知道被鑄成的不是你的第一柄／我癡望被鑄成的我是最後的一柄」，在排偶中富於變化，「第一」與「最後」有相反對立的心理張力。「不是俠氣就能培養的」、「不是江湖就能相忘的」、「不是劍訣就能禁制的」、「不是歸宿就能賓服的」，逼出人與江湖、技擊與命運的課題，已不是靜態的說明，而帶有遞進的延展力量。

結尾兩句「為何」，追索劍的意義，留下生命荒廢的浩嘆。

狼之獨步

◎紀弦

我乃曠野裡獨來獨往的一匹狼。
不是先知，沒有半個字的嘆息。
而恆以數聲悽厲已極之長嗥
搖撼彼空無一物之天地，
使天地戰慄如同發了瘧疾；
並颳起涼風颯颯的，颯颯颯颯的：
這就是一種過癮。

品評

紀弦（一九一三—二〇一三），祖籍陝西，本名路逾，早年用「路易士」的筆名，畢業於蘇州美專。他是戴望舒在一九三〇年代編輯《新詩》雜誌時的同事，一九三四年自費刊行《易士詩集》，抗日戰爭勝利那年又出版了《三十前集》，一九五三年在臺北創辦「現代詩社」，出版《現代詩》月刊及季刊。一九五六年宣告成立現代派，發表〈現代派信條釋義〉一文，提出現代派的六大信條：一、揚棄並發揚光大地包容了自波特萊爾以降一切新興詩派之精神與要素。二、新詩乃是橫的移植，而非縱的繼承。三、詩的新大陸之探險，詩的處女地之開拓。四、知性之強調。五、追求詩的純粹性。六、愛國，反共。對臺灣現代詩的發展，影響甚深。他認為詩的本質是「詩想」，不是「詩情」，二十世紀的人應該以詩來思想。

「獨步」在本詩中有雙關義，既有獨自走路的意思，又代表超凡出眾。

紀弦以狼自喻，主要在表現高視獨行的生命意向。「我乃曠野裡獨來獨往的一匹狼」，起筆即流露出俠氣：血肉凡俗之軀，固毋須神化；江湖行走，也不必卑弱地嘆息。悽厲的長嗥為的是穿透一切蔽障；搖撼天地，目空一切，風雲為之變色。「使天地戰慄如同發了瘧疾」，將不可能入詩的拿來比喻，非常大膽，而用這種生活化的比喻，往往也最能達到生動效果。「這就是一種過癮」，十足地紀弦個性、紀弦語風。獨到的口語在詩中的魅力大於制式化的語詞，從紀弦的詩中可以印證。

讀紀弦的〈狼之獨步〉，或將聯想到陳子昂的〈登幽州臺歌〉，同樣顯示人心深處的蒼茫，有所思、有所想，有狂放、有局限。然而今之獨步者異於古之獨步者，卻在更加地野性驃悍、有現代氣息。

守夜人

◎余光中

五千年的這一頭還亮著一盞燈
四十歲後還挺著一枝筆
已經，這是最後的武器
即使圍我三重
困我在墨黑無光的核心
繳械，那絕不可能
歷史冷落的公墓裡
任一座石門都捶不答應
空得悯人，空空，悯悯，的回聲
從這一頭到時間的那一頭
一盞燈，推得開幾呎的渾沌？
壯年以後，揮筆的姿態
是拔劍的勇士或是拄杖的傷兵？

是我扶它走或是它扶我前進？
我輸它血或是它輸我血輪？
都不能回答，只知道
寒氣凜凜在吹我頸毛
最後的守夜人守最後一盞燈
只爲撐一幢傾斜的巨影
做夢，我沒有空
更沒有酣睡的權利

品評

余光中（一九二八—二〇一七），福建永春人。曾就讀金陵大學、廈門大學，一九五二年畢業於臺灣大學外文系。後赴美，獲愛荷華大學藝術碩士。歷任政大、臺灣師大、香港中大等校教授、中山大學文學院院長，期間曾多次赴美講學。曾與覃子豪、鍾鼎文等人創辦「藍星詩社」，主編《藍星詩頁》、《現代文學》及《文星》詩頁；參與多次重要的新詩論戰，護守新詩園地，並以其學術地位推動青年詩運，人稱「繆斯殿堂的巨人」。其詩風隨時代環境、個人心境而多變，有所堅持，有所創新，兼容傳統中國與西洋現代各種文學精神及技法。

余光中四十五歲那年發表此詩，詩中充盈著自視、期許、激昂壯闊的情懷。時空的特出經營，尤其令人激賞。「從這一頭到時間的那一頭」，五千年之久，悠悠綿長，有負重之感。「一盞燈，推得開幾呎的渾沌？」孤燈獨力所能照亮的不過方圓數呎，面對無邊的暗夜，空間狹窄緊縮，頓生悲愴之情。

五千年對應他這一盞燈，四十歲對應他手上一枝筆。亮著的這盞燈，挺著的這枝筆，都是余光中的化身。五千比一，四十比一。從數字上，隱約地，可以感覺到詩人堅忍苦鬥的處境。「墨黑無光的核心」是瀕臨絕望的境遇。「圍我三重」的三，是表示多的數字，三重即多重，「三」字較「多」字具體，更適合在詩中表現。縱使環境極端險惡摧煎，要教詩人棄筆卻絕不可能。詩人之筆恰如軍人之槍，皆第一生命，為生存的意義所在。

從第七行起，詩人的心緒轉為蒼涼。「歷史」是由無數聖賢豪傑的學術事功積累而成，而今那些原應有人的位子竟空著。歷史為躋身其中者立碑，不正像一座遼闊的公墓？每一座石門後，都應有一位高人才子，一顆閃亮的星，但今日一任冷落，空空惘惘，無人傳承薪火，誰在再創歷史？無聲回應，空得惘人。惘亦即痛也，象徵詩人的感觸。孤燈自燃，在幕垂的暗夜中，究竟能推開幾呎渾沌？不禁也迷惘了。接下去四句即表白這種錯綜複雜的心理，是理想與現實的掙扎、交戰。「拔劍的勇士」、「我扶它走」、「我輸它血」，都具備視死如歸、一往直前的理想；至於「拄杖的傷兵」、「它扶我前進」、「它輸我血輪」，則是陪襯的說法。一層壓一層，一幕換一幕，張力愈來愈大，直到「寒氣凜凜在吹我頸毛」，松柏後凋，形象凜然。

最後四句，余光中表露了絕對的自負，他自認是「最後」的守夜人，守「最後」

一盞燈，無疑地是說：文化運命即在我肩上，斯人若去，廣陵散絕矣。中國歷史文化「傾斜的巨影」由他撐著，既有重責在身，何得偷懶貪睡！

再就音韻而言，以ㄥ韻為韻腳配上ㄣ者，占了一大半。早在一九六〇年左右，余氏即已高喊「節奏是詩的呼息」，此後，他除了更注意句法、分行等問題外，我們更看到，一種新詩的「韻類」已在余光中詩裡不斷地嘗試形成。

卷二◆自我鑑照

卷三

愛情詠嘆

雨巷

◎戴望舒

撐著油紙傘，獨自
彷徨在悠長，悠長
又寂寥的雨巷，
我希望逢著
一個丁香一樣地
結著愁怨的姑娘。

她是有
丁香一樣的顏色，
丁香一樣的芬芳，
丁香一樣的憂愁，
在雨中哀怨，
哀怨又彷徨；

她彷徨在這寂寥的雨巷，
撐著油紙傘
像我一樣，
像我一樣地
默默彳亍著，
冷漠，淒清，又惆悵。

她靜默地走近
走近，又投出
太息一般的眼光，
她飄過
像夢一般地，
像夢一般地淒婉迷茫。
像夢中飄過

一枝丁香地，
我身旁飄過這女郎；
她靜默地遠了，遠了，
到了頹圮的籬牆，
走盡這雨巷。

在雨的哀曲裡，
消了她的顏色，
散了她的芬芳，
消散了，甚至她的
太息般的眼光，
她丁香般的惆悵。

撐著油紙傘，獨自
彷徨在悠長，悠長

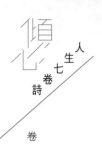

又寂寥的雨巷，
我希望飄過
一個丁香一樣地
結著愁怨的姑娘。

品評

戴望舒（一九〇五—一九五〇）浙江杭州人，就讀上海震旦大學法文班時，與施蟄存、戴杜衡、劉吶鷗等出版《瓔珞》雜誌，提倡文學現代化；嗣後又辦「水沫書店」，編印《新文藝》雜誌。一九三二年出版《現代》月刊，確立中國新詩的現代風格；一九三六年與徐遲、路易士（即紀弦）創辦《新詩》雜誌，開啟了中國新詩的現代主義時代。其詩作，構思精巧、意境曲深、音感諧美。

本詩經營一個「夢境」，像一支小音階的鋼琴曲。那個丁香一樣結著愁怨的姑娘事實上並沒有出現，因此，從頭到尾都是我希望如何如何，丁香一直存在冷漠、淒清、寂寥的我的心中。

當然，讀者如果要把詩中那位丁香般的姑娘解成詩人永難忘卻的一個影像，也未嘗不可。那位姑娘死了，在雨的哀曲裡，消了顏色，散了芬芳——而今則不時在我夢中飄過，但覺愁怨、淒清，我已無法掌握。一實一虛，虛實難辨。果真如此，那是「此情可待成追憶，只是當時已惘然」的莫名深情了。

《詩經・蒹葭》：「蒹葭蒼蒼，白露為霜，所謂伊人，在水一方。溯洄從之，道阻且長；溯游從之，宛在水中央。」描寫一種可望而不可即的憧憬與追求，神韻蕭散，風致嫣然，其妙正在於「言盡而意不盡」。戴望舒的〈雨巷〉，詩情抑揚頓挫，情味相彷彿。

詩中的「我」，尋求「她」的認同，情的牽繫（第三節），隱曲含蓄。全詩刻意使用複疊式的句法，造成呢喃吐訴的效果，非常成功。

無題之一

◎穆旦

你的年齡裡的小小野獸，
它和春草一樣地呼吸，
它帶來你的顏色，芳香，豐滿，
它要你瘋狂在溫暖的黑暗裡。

我越過你大理石的理智底殿堂，
而為它埋藏的生命珍惜；
你我的手底接觸是一片草場，
那裡有它的固執，我的驚喜。

無題之二

◎穆旦

靜靜地，我們擁抱在
用言語所能照明的世界裡，
而那未成形的黑暗是可怕的，
那可能和不可能的使我們沉迷。

那窒息著我們的
是甜蜜的未生即死的言語，
它的幽靈籠罩，使我們遊離，
遊進混亂的愛的自由和美麗。

穆旦（一九一八—一九七七），本名查良錚，浙江海寧人，一九二九年於南開中學就讀即開始創作詩歌，一九三五年啟用「穆旦」的筆名，旋入清華大學地質系，半年後轉外文系。抗日戰爭期間，清大、北大、南開在昆明合併為西南聯合大學，穆旦與杜運燮、鄭敏，是當時西南聯大最受矚目的三位青年詩人。戰後留學美國，一九五〇年代返回中國大陸執教，「文化大革命」時受迫害，含恨而終。他的詩題材寬廣，意境清新，情感飛翔中帶著知性的深度，是新詩史上不可遺漏的重要詩人。

通常無題詩都是寫愛情的。這兩首詩選自穆旦的〈詩八首〉，並未標明題目，也當作如是觀。

第一首描寫青春是一頭會呼吸的小獸，有色有香且豐滿，瘋狂在溫暖的黑暗裡。理性壓抑不住感性，愛是手與手的接觸，愛的感覺如草場般柔滑、綿密，不斷生長；

愛有矜持，愛有歡喜。

第二首勾繪愛的世界，有明的一面，也有暗的一面。言語所能交流的，固使我們擁抱，那未成形的、未知的、充滿各種奇幻可能的，更使我們又害怕又迷醉。有許多話不需說，有許多話說不出口，戀愛中的人就在這種窒息、恍惚、混亂中感受到愛的甜蜜和苦悶、自由和美麗。

司馬長風評論此詩說：「把熱愛濃情都化作迷離的形象，詩句雖縹緲幻奇，但卻可意會，使你感到迴腸蕩氣。」我認為最難得的是他把愛情嘗新顫慄之感，輕輕地「挖掘」出來了。

蛇

◎馮至

我的寂寞是一條長蛇，
靜靜地沒有言語。
你萬一夢到牠時，
千萬啊，不要悚懼！

牠是我忠誠的侶伴，
心裡害著熱烈的鄉思：
牠想那茂密的草原——
你頭上的、濃鬱的烏絲。

牠月光一般輕輕地
從你那兒輕輕走過；
牠把你的夢境銜了來，
像一隻緋紅的花朵。

品評

馮至（一九〇五—一九九三），本名馮承植，河北人。北京大學畢業後留學德國，攻文學與哲學。返國後，歷任上海同濟大學、昆明西南聯大及北大教授。一九六四年在中國大陸任「中國社會科學院」外國文學研究所所長。他的詩以「耐人沉思的理，和情景融成一片的理」（朱自清語），確立他在中國新詩「第一期」詩人中的重要地位。代表作為《十四行集》。

這是一首愛情詩，靜靜地沒有任何呼號，但深情悱惻。「蛇」是主意象，代表定向滑行的一縷情思。詩人構想奇特而出人意表，尤其難得的是隨後推展的內涵都能緊緊扣住這個比喻，形成一無瑕疵破綻的有機情境。

蛇的陰性如同私愛的隱密，蛇的盤繞身姿，可以說明愛的纏綿。馮至在這首詩中所欲表達的愛不是激狂熱烈的，而是隱曲含蓄的。第一節宣示「我」對「你」的想念：「寂寞」是因還沒有得到愛的回應，「靜靜地沒有言語」是深怕唐突而提早結束愛戀的可能；「我」既如此不敢表白，對方即不可能知道，要知道也只可能夢到，若萬一夢到，還請對方不要嚇一跳。

第二節更寫寂寞相思的深濃——蛇想那茂密的草原，我想你頭上濃鬱的黑髮。女子的秀髮從古以來就有愛情聯想。

第三節用月光移行形容愛的試探，或許只是一種遐思而已。月光的清冷可襯映前面「靜靜」的氣氛，「牠把你的夢境銜了來」是渴望知道你的感覺，「像一隻緋紅的花朵」是美好的想像——期望這段暗戀能開花結果。

李白詩「故人入我夢，明我長相憶」。現代詩人夐虹說：「不敢入詩的，來入夢。」夢與思憶是分不開的。此詩從頭到尾表達的都是想進入對方的夢中（第二節用的頭髮形象含有相同的指涉），因為只有進到他的夢裡才能稍稍紓解一下自己的寂寞。

馮至寫這首詩時只有二十一歲，烏絲、紅花、長蛇、月光、夢，神奇詭麗，相當吸引人。

山鬼

◎鄭愁予

山中有一女　日間在一商業會議擔任祕書
晚間便是鬼　著一襲白紗遊行在小徑上
想遇見一知心的少年　好透露致富的祕密給他
也好獻了身子　因爲是鬼
便不落什麼痕跡

山中有一男　日間在一學校做美術教員
晚間便是鬼　著一身法蘭絨固坐在小溪岸
因爲是鬼　他不想做什麼
也不要碰到誰

兩個異樣心思的山鬼我每晚都看見
所以我高遠的窗口有燈火而不便燃

我知道他們不會成親這是自然的規矩
可是，要是他們相戀了……
一夕的恩愛不就正是那遊行的霧與不動的岩石

品評

鄭愁予（一九三三—），本名鄭文韜，河北人。筆名出自《楚辭・湘夫人》：「帝子降兮北渚，目眇眇兮愁予」。童年隨父親奔馳於大江南北，閱歷豐富。十六歲曾出版《草鞋與筏子》詩集；青年時期的鄭愁予，熱愛山海自然之景，沉吟於溫柔靜美、雄深壯闊中，作品巧妙地結合了這兩種氣質，創造出豪情浪漫的迷人風格，為一代名家。一九六八年赴美，入愛荷華大學獲藝術碩士，執教於耶魯大學。代表作為《鄭愁予詩集》。

《楚辭・九歌》有〈山鬼〉篇，以「被薜荔兮帶女羅」描繪山中精靈的衣飾；以

「杳冥冥兮羌晝晦，東風飄兮神靈雨」敘寫現場情景；以「雷填填兮雨冥冥，猿啾啾兮狖夜鳴，風颯颯兮木蕭蕭」襯映精靈相思的苦情。表現纏綿的愛情，是古典文學中極動人的詩篇。

鄭愁予化用典故，以「山鬼」為題，創寫了一則新傳奇。把山中遊行的霧想成女鬼，不動的岩石想成男鬼，從而思索他們各懷的心思，會不會相戀成親？還擔心開燈火嚇跑了他們。這樣的構思切入就不同凡響：設想那女的白天在一商業會議擔任祕書，夜裡遊行山中，欲透露致富祕訣給知心少年，並獻身；設想那男的教美術，穿一身法蘭絨衣服固坐在溪岸……詩人不但把沒有生命的雲霧、山石擬人化，更進一步戲劇化了。

第一節人鬼遇合的原型，我們從《聊齋》、從章回小說富家女救落難公子後花園私訂終身，不難尋到一些蛛絲馬跡，可貴的是鄭愁予能賦予它們「現代感覺」，把時空都拉到了現代，語言也是乾乾淨淨的現代口語；並且承續古詩人對山川自然、人情倫理的敦厚觀照。這是民族風格中重要的部分，鄭愁予掌握了這種特質。

私語

◎余光中

靜寂的後半夜，忽然我醒來
發現另一邊的枕上
她的鼾息並不很勻稱
頭頂卻傳來私語竊竊
很輕，很近，有兩個人

「奇怪，是誰呢，這一對夫妻
睡在好像是我們的床上
他的頭上已蓋了雪
她的髮際正落著霜
似乎睡得很熟呢，還打著鼾
爲什麼看來都有點面善？
皺紋已經阡陌著滄桑

一位蝦蜷，一位蛙匐
怎麼睡姿跟我們也很像？
總不會，是預言的幻景
一瞥四十年後的我們吧？
爲何不搖醒睡者來一問
問四十年間有什麼發生？
這世界，可曾變好了一點？
可曾登上了月球，可曾
避免了第三次世界戰爭？
還要逃亡嗎，爲了天災或革命？
島嶼跟大地的爭吵是誰贏？
你別亂來了，瞧他們已夠累
九十年代顯然不輕鬆
是什麼危機感啊在壓著薄夢
不安的記憶下枕著隱憂

讓他們多睡一會兒吧，不要
冒冒失失把未來驚醒
今晚至少還不用擔心
可是他們的，不，我們的孩子呢
有幾個了，該不小了吧
你問得太多了，瞧你，還沒有懷孕
我敢說那邊的相框子裡
就是他們的，噢，我們的女兒
眉目眞的有我們的神情
——噓，別把孩子們也吵醒
還不曾向你的深處投胎呢
一個個尚未取名的嬰孩
要是我老了，像她那樣
眼角擺著魚尾，髮上帶著風霜
你還會抱我嗎？像新婚的今晚？

——噓，他們在翻身了
天快亮，夢也快做完」

侵床的曙色裡，我起身小便
一抬頭就跟
牆頭那張結婚照
猝然打一個照面

品評

余光中（一九二八—二〇一七），福建永春人。曾就讀金陵大學、廈門大學，一九五二年畢業於臺灣大學外文系。後赴美，獲愛荷華大學藝術碩士。歷任政大、臺灣師大、香港中大等校教授、中山大學文學院院長，期間曾多次赴美講學。曾與覃子豪、鍾鼎文等人創辦「藍星詩社」，主編《藍星詩頁》、《現代文學》及《文星》詩頁；參與多次重要的新詩論戰，護守新詩園地，並以其學術地位推動青年詩運，人稱「繆斯殿堂的巨人」。其詩風隨時代環境、個人心境而多變，有所堅持，有所創新，兼容傳統中國與西洋現代各種文學精神及技法。

一九八六年余光中與夫人范我存紀念三十年珍珠婚，作〈珍珠項鍊〉詩，敘說每一顆珍珠都像一個日子，晴天的時候是露珠，陰天是雨珠，牽掛在心頭是念珠，串連這些珠子的是「因緣」，這些珠子是愛情的信物。早於這首詩的〈東京新宿驛〉，描寫兩人偕行旅遊，在東京新宿車站，被人潮沖散，雖只失聯三分鐘，但在這三分鐘裡他的心思已來回了三十年，想三十年人生路上她對他的好、她對他的重要、她是他心頭的一粒珍珠。憑此「驛站」意象，詩人祈禱兩人「但願一同上車，也一同到站」。

有關這一類型家居生活情愛的詩，最具巧思、視角新穎、造境奇特的，要屬〈私語〉：午夜醒來，發覺床頭高處有竊竊私語聲，原來是結婚照中那兩人正在議論躺在床上睡覺的這一對；照片中是四十年前初婚時那對新人，眼前卻是結褵四十年、頭髮已霜雪、容顏已滄桑的老夫老妻。一般現實狀況多為老來檢視青春照片，回顧從前種種，不料這首詩的敘事聲音竟是牆頭照片中人俯看老來的自己，對話中帶到世局變化、也有對兒女的關照。詩的主要內容是一場情態逼真的喁喁私語，最動人的一段問話要算照片中年輕的新娘問新郎：要是我老了，你還愛我、抱我嗎？

一個人即使能夠預見四十年後光景，也無法預知四十年後所問之人的答案。余光中經由想像、穿越時空，讓一個普遍的愛情課題，以一齣對白獨幕劇展演，配樂輕快，喜感十足！讀者閱讀此詩，遙想余光中夫婦家居情景，包括打鼾、睡姿、房中擺設……別有意趣。

因為風的緣故

◎洛夫

昨日我沿著河岸
漫步到
蘆葦彎腰喝水的地方
順便請煙囪
在天空爲我寫一封長長的信
潦是潦草了些
而我的心意
則明亮亦如你窗前的燭光
稍有曖昧之處
勢所難免
　因爲風的緣故

此信你能否看懂並不重要

重要的是
你務必在雛菊尚未全部凋零之前
趕快發怒，或者發笑
趕快從箱子裡找出我那件薄衫子
趕快對鏡梳你那又黑又柔的嫵媚
然後以整生的愛
點燃一盞燈
我是火
隨時可能熄滅
　因爲風的緣故

品評

洛夫（一九二八—二〇一八），本名莫洛夫，湖南衡陽人，一九四八年考入湖南大學外文系，翌年因戰亂隨國軍來臺，於淡江大學外文系完成學業。軍職期間，曾入軍官外語學校受訓，一九六五年赴越南任軍事援越顧問團顧問兼英文祕書。服役左營時與張默、瘂弦共組「創世紀」詩社，引進西方前衛而具實驗性的精神，加速了臺灣新詩的現代化。其詩作描寫戰爭、死亡、生之陰影，充滿悲劇性和批判性，意象創造驚人，前期稠密隱奧，後期帶有禪趣。代表作如《石室之死亡》、《魔歌》、《漂木》。

這首詩是贈內詩——寫給其妻的詩。洛夫自敘：「詩中沒有『春蠶到死絲方盡，蠟炬成灰淚始乾』那份悱惻纏綿，最後的語氣反而顯得有點悲壯，細細體味，自己不免因這份情的真切而暗自感動……寫這類詩要等，等某些事情發生，等心靈上的撞擊，等某種情感上的契合，水到自然渠成。這首詩事實上來得很偶然。某晚，我在燈下看書，突然停電，一室黯然，雙手擱在後腦上閉目小憩，然後找來半截蠟燭點上，不久又被窗外一陣微風吹熄，就在那明滅之間，靈光一閃，詩的意象便開始在腦中一一出現。第一節的意象顯然是一種設喻，未必真有其事，卻為詩情發展之所需，而全詩的意象都在烘托主題的最後呈現：『然後以整生的愛，點燃一盞燈』。」

蘆葦彎腰喝水、煙囪寫一封長長的信，都是很有情味的說法，有表達愛情的意思。

本詩中的「風」與風情冶蕩之「風」無涉，而是指情愛主體外的客觀因素。第九行「稍有曖昧之處」是說不便過於直截了當地傾訴。

第二節要求對方作一決定，或者發怒拒絕，或者發笑接受。「雛菊尚未全部凋零之前」是時間代詞。「我是火／隨時可能熄滅／因為風的緣故」，之所以悲壯，因為透露了時間催煎，何堪再互相折磨的心情，而這正是愛情令人刻骨銘心的主要因素。

給橋

◎瘂弦

常喜歡你這樣子
坐著，散起頭髮，彈一些些的杜步西
在折斷了的牛蒡上
在河裡的雲上
天藍著漢代的藍
基督溫柔古昔的溫柔
在水磨的遠處在雀聲下
在靠近五月的時候

（讓他們喊他們的酢醬草萬歲）

整整的一生是多麼地、多麼地長啊
縱有某種詛咒久久停在

豎笛和低音簫們那裡
而從朝至暮念著他、惦著他是多麼的美麗

想著，生活著，偶而也微笑著
既不快活也不不快活
有一些什麼在你頭上飛翔
或許
從沒一些什麼

美麗的禾束時時配置在田地上
他總吻在他喜歡吻的地方
可曾瞧見陣雨打溼了樹葉與草麼
要作草與葉
或是作陣雨
隨你的意

〈讓他們喊他們的酢醬草萬歲〉

下午總愛吟那闋〈聲聲慢〉
修著指甲，坐著飲茶
整整的一生是多麼長啊
在過去歲月的額上
在疲倦的語字間
整整一生是多麼長啊
在一支歌的擊打下
在悔恨裡

任誰也不說那樣的話
那樣的話，那樣的呢
遂心亂了，遂失落了
遠遠地，遠遠遠遠地

品評

瘂弦（一九三二—），本名王慶麟。生於河南南陽。青年時代於大動亂中入伍，隨軍輾轉來臺。曾應邀參加美國愛荷華大學國際創作計畫中心，並自威斯康辛大學獲碩士學位。主編文學雜誌及聯合報副刊等重要期刊數十年，文學經驗博大精深。其創作成就見諸《瘂弦詩集》，刻畫離亂世代的心靈，語言風格獨特，影響廣遠。

〈給橋〉是一首戀愛詩，以全新的造境刻繪出詩人心目中女子柔婉的情態：幽思、怨慕和執著。橋即張橋橋女士，是瘂弦對女友、後來的妻子的暱稱。

這首詩在一、三節後各插入一個映襯句「讓他們喊他們的酢醬草萬歲」。「他們」指西班牙內戰時反政府軍以酢醬草圖案為袖章裝飾。詩人說如果睡在情人膝頭上的人仍會想著革命與救世，如果真有這樣的人，那就任他去吧——「讓他們喊他們的酢醬草萬歲！」

第一節，草（牛蒡）、河、雲、天都是寄情的意象，加上法國印象派作曲家杜步西的音樂、飄著穀物香的水磨和雀聲，更令人神往。「天藍著漢代的藍／基督溫柔古昔的溫柔」，也在形容當下集合了所有過去的古典的美；時近五月，正是撩人心絃的暮春季候。

第二節（插入句不計在內）表現在漫長的一生，縱然暗藏有悲悽的調子、一些不幸的陰影或詛咒，但能夠朝朝暮暮念他、惦他，卻是多麼地美麗！此處不僅顯示鍾情，也宣告人生的價值標準。豎笛和低音簫想係承前之杜步西而生的構思，杜氏作有《詩曲》，末章為〈愛人之死〉。

第三節是對她的現況的體貼與繫念，著墨淡而意濃。第四節以自己作例，申述隨意之可喜，期望她也能隨意地歡喜授受。詩中的「他」，即敘事者「我」。

四節以後由李清照的〈聲聲慢〉起興，古今兩種情境化合為一，頗為纏綿。李清照自夫君趙明誠去世後，過著轉徙流離的生活，備感寂苦，「守著窗兒，獨自怎生得黑」和瘂弦的「整整一生是多麼長啊」同予人痛楚感。〈給橋〉中所謂的「一支歌」，無非「尋尋、覓覓……」那闋秋詞；而悔恨，當然是「滿地黃花堆積」之恨。

最後一節，「任誰也不說那樣的話」，是那樣的話呢？詩人不點破，讀者卻不難猜想：是「若誰先死」那樣的話。「遂」字引動惝怳之思，並言失落、遠遠遠遠地，更加教人銘心。

我摺疊著我的愛

◎席慕蓉

我摺疊著我的愛
我的愛也摺疊著我
我的摺疊著的愛
像草原上的長河那樣宛轉曲折
遂將我層層的摺疊起來

我隱藏著我的愛
我的愛也隱藏著我
我的隱藏著的愛
像山嵐遮蔽了燃燒著的秋林
遂將我嚴密的隱藏起來

我顯露著我的愛

我的愛也顯露著我
我的顯露著的愛
像春天的風吹過曠野無所忌憚
遂將我完整的顯露出來

我鋪展著我的愛
我的愛也鋪展著我
我的鋪展著的愛
像萬頃松濤無邊無際的起伏
遂將我無限的鋪展開來

反覆低迴　再逐層攀昇
這是一首亙古傳唱著的長調
在大地與蒼穹之間
我們彼此傾訴　那靈魂的美麗與寂寥

請你靜靜聆聽　再接受我歌聲的帶引
重回那久已遺忘的心靈的原鄉
在那裡　我們所有的悲欣
正忽隱忽現　忽空而又復滿盈
……　……

作者附注：

二〇〇二年初，才知道蒙古長調中迂迴曲折的唱法在蒙文中稱為「諾古拉」，即「摺疊」之意，一時心醉神馳。初夏，在臺北再聽來自鄂溫克的烏日娜演唱長調，遂成此詩。

品評

席慕蓉（一九四三—）蒙古察哈爾盟明安旗人，生於四川，長於臺灣。臺灣師範大學美術系畢業後，赴歐深造，畢業於比利時布魯塞爾皇家藝術學院。其畫作曾獲比利時皇家金牌獎、布魯塞爾市政府金牌獎。曾擔任新竹師範學院教授多年。著有詩集、散文集多種，潛心探索蒙古文化，以敏銳心思、龐沛的生命力，專注於詩藝追求，風格從纖柔婉約趨向豐盈沉深。代表作如《席慕蓉・世紀詩選》、《以詩之名》。

〈我摺疊著我的愛〉詩後有注，「摺疊」指蒙古長調中迂迴曲折的唱法，席慕蓉是從聆聽蒙古長調得到創作的感悟。這首詩抉發愛的本質、愛的各種情態，如長河曲折被草原接納，如燃燒的秋林熾熱但因矜持而需山嵐遮蔽，有時也無所忌憚地顯露如春風吹過，如松濤無邊無際地起伏鋪展。愛的歌聲亙古傳唱，自有人類以來誰不渴望傾訴、聆聽，消融靈魂的寂寥，分擔生命的悲欣。

類疊的筆法有時會落入單調的窠臼，這首詩卻因意義的開合，先是「摺疊」，隨之「隱藏」，而後「顯露」，進而「鋪展」，使情意緜密曲折。「我」與「我的愛」互為主詞，更衍生「我的口口著的愛」，三種語調相互追逐，產生繚繞迂迴、反覆回響的音效。

這種聲情表現，與詩人的生命體認、心靈觀照的改變有關，從一廂情願的抒情傾訴，轉成辨別、追究的感思。

我告訴過你

◎陳育虹

我告訴過你我的額頭我的髮想你
因爲雲在天上相互梳理我的頸我的耳垂想你
因爲懸橋巷草橋弄的閑愁因爲巴赫無伴奏靜靜滑進外城河
我的眼睛流浪的眼睛想你因爲梧桐上的麻雀都飄落因爲風的碎玻璃

因爲日子與日子的牆我告訴你我渴睡的毛細孔想你
我的肋骨想你我月暈的雙臂變成紫藤開滿唐朝的花也在想你
我一定告訴過你我的脣因爲一杯燙嘴的咖啡我的指尖因爲走馬燈的
夜的困惑因爲鋪著青羊絨的天空的捨不得

品評

陳育虹（一九五二—），生於臺灣高雄，文藻外語學院英文系畢業後，任職於臺灣外商機構十餘年。曾移居加拿大，研習法文、藝術史，兼攻油畫。其詩作，感覺纖細，語法纏綿，節奏感極強，自鑄出一種純淨而深情的美學。代表作如：《魅》、《之間》、《閃神》。並有譯詩成就。

〈我告訴過你〉，以纖細的感官創新了「交頸」、「耳鬢厮磨」、「脈脈含情」等詞語的意境，連結「毛細孔」、「肋骨」、「雙臂」、「唇」、「指尖」的肌理，兼融「香霧雲鬟溼，清輝玉臂寒」的古典暖香，表達現代女子愛情的濃烈。

「我告訴過你」，強調主體主動性，出自於一位女性敘事者，一反傳統女子在情愛表達上處於被動的地位，因此具有現代女性意識。在意象創造方面，因為看到天上的雲，而聯結了女子所謂「雲鬢」的髮；因為走過如懸橋、草橋一樣細的巷弄，而聯結了女子的頸項；因為麻雀群飛帶起的風吹進眼睛，而聯結上如「碎玻璃」的眼淚。人的毛細孔何其多，連毛細孔都在想你，可見此相思之全面。至於「肋骨」，是西方《聖經》中的典故，上帝用男人的一根肋骨造了女人；而今詩人說「我的肋骨想你」，把肋骨的歸屬權要了回來。

「我告訴過你」、「我的□□想你」一再出現，層疊出強烈的情感，行中不加標點，則使此情連綿而下、噴吐無阻。全詩收束在「捨不得」，顯示整首詩要表達的相思想念，都因為此情無法割捨。

卷四 倫理之歌

蝴蝶

◎胡適

兩個黃蝴蝶，雙雙飛上天。
不知爲什麼，一個忽飛還。
剩下那一個，孤單怪可憐。
也無心上天，天上太孤單。

品評

胡適（一八九一——一九六二），安徽績溪人，美國哥倫比亞大學哲學博士，曾任北京大學校長，臺灣中央研究院院長，並曾奉派為我國駐美大使，所著《嘗試集》於一九二〇年出版，是我國現代文學史上第一本白話新詩集。

這首詩是中國新詩史上最早發表的〈白話詩八首〉之一，極具歷史意義，其格式還保留了古典詩句式的整齊，但語言已口語化。以蝴蝶雙飛的情境，表現「朋友」的意義。何謂朋友？一起學習、一起追求人生理想的人就是朋友。「蝴蝶」是「人」的意象。人生難免會遭遇意想不到的情況，原來同行的人被迫中止，作為他朋友的心情也必定大受影響、充滿遺憾。

孔子說過：「三人行，必有我師焉」，朋友是要相互學習的；「友直、友諒、友多聞」，說明選擇益友的重要，好的朋友須能指出彼此的缺失，誠懇對待，增廣見聞。《禮記．學記》：「獨學而無友，則孤陋而寡聞。」也強調朋友在學習過程中的重要。

胡適是新文化運動的領導人，但舊學根柢深厚。這首小詩筆法簡淨，情境清新，耐人品味。

歲暮懷人

◎何其芳

當枯黃的松果落下，
低飛的鳥翅作聲，
你停止了林子裡的獨步；
當水冷魚隱，
塘中飄著你寂寞的釣絲；
當冬季的白霧封了你的窗子：
長久隱遁在病裡，
還掛念你北方的舊居嗎？

在屋角的舊籐椅裡，
在牆角的陰影裡，
曾藏庇過我許多煩憂：
那時我常有煩憂，

你常有溫和的沉默，
窗子上舊敝的冷布間
常有壁虎抽著灰色的腿。
外面是院子，
啄木鳥的聲音枯寂地顫慄地
從槐樹的細葉間漏下，漏下，
你問我喜歡那聲音不，
若是現在，我一定說喜歡了。

西風裡換了毛的駱駝群
舉起四蹏的沉重
又輕輕踏下，
街上已有一層薄霜。

品評

何其芳（一九一二—一九七七），四川萬縣人，畢業於北大哲學系。由於他早年在中國傳統詩詞中涵泳甚久，也受現代象徵詩派的影響，因此筆下古典新穎的、象徵的情韻特別令人感到親切不俗。在一個流離動盪的時代，何其芳也像大多數青年，不可避免地捲入了政治蒙蔽的煙塵裡，影響了他後期的文學生命。

一九四九年後，何其芳在中國大陸主要從事文學研究、文藝評論工作，寫了許多有關思潮、詩歌、批評的論文。但主要的成就仍在詩與散文的創作。詩集代表作為《預言》，散文集為《畫夢錄》。

中國詩自古即多懷人之作，杜甫〈夢李白〉：「故人入我夢，明我長相憶；恐非平生魂，路遠不可測。」讀來有吞聲之痛。

化解江湖之愁苦寂寥，友情之功有時更勝過親情、愛情；友情的表現可能不如前二者濃烈，但那股相知相惜之意，可有更廣大的共鳴。何其芳這首〈歲暮懷人〉，下筆不講我如何懷念，而直接把想像中對方的情形說出來，採取落實的關切方式，使不流於空泛。如此不必言思念而思情自深。

第一節設想所懷之人在林中獨步、在塘邊垂釣、冬日臥病在小屋中的情形，點明所懷之人是因病而在遠方療養。第二節回憶過去相處的時光，從舊敝陰暗的景象描寫可知，他們曾共患難過，「啄木鳥的聲音」雖然極可能是那個環境實有之背景，但詩人不選別的，偏偏要選它入詩，一定有它獨特的象徵意義——啄木鳥啄食樹蟲，朋友應扮演啄木鳥的角色，一定要不客氣地挑出對方的缺點。從前在一起的時候不見得珍視朋友這麼不隱諱地挑剔的苦心，等分隔兩地才慢慢體會，如果現在還有那樣的聲音，一定說喜歡了。當時與現在對照，其間的憾意不言可喻。

結尾用景語收束，時空、事件以及情感都留下有餘不盡之意，是最高明的一種詩法。駱駝要走向遠方，我的朋友在遠方；駱駝舉起沉重的蹄踩在我心上；街上鋪了一層薄霜，霜也鋪在我心上。情與景都有荒遠的感覺。

從章法上看，第一節是現在遙想，第二節是過去實寫，第三節是現在即景，迴環照應，更增添懷人之思。

日常的遺言——紀念母親韓相順女士

◎初安民

土地權狀放在
書桌右下方的第二個抽屜裡
性子不要急
慢慢在紙堆找就能找到
不要嫌麻煩

定存，放在衣櫃的被子夾層裡
性子不要急
慢慢一層一層伸手去找就會找著
不要嫌麻煩

少許的現款
放在冬天衣服的內口袋裡

性子不要急
慢慢一件一件找就能找到
不要嫌麻煩

當年逃難遠行時都是這樣處置的
還有
這輩子的照片都放在桌旁的旅行箱裡
你們各自的照片都在裡面
以後，你們要學會各自料理記憶
媽媽再也無法提點或叮嚀你們了

這一生
或許都是單行道
縱然想回頭看看往事前塵
時間總是不夠

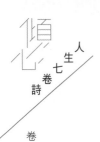

每天要忙著餵鳥、澆花、掃地
然後再服高血壓的藥

你們上班的時候
我會偷偷飲泣
想念我的爸爸、媽媽以及
你們的爸爸

愈老，他們的印記
就愈清晰
我最想念童年時的第一次遠足
因爲可以穿新衣裳

這一次
我要走一趟很遠的遠足

所有要穿的衣鞋
我都備妥
要麻煩你們了

品評

初安民（一九五七—），出生於韓國的華僑，二十歲來臺就學，成功大學中文系畢業。曾任中學教師，主編《聯合文學》，創立印刻出版公司，為臺灣文學書籍出版、傳播的領航人。青年時期開始創作，其詩抒寫家國之思，感觸深刻；二〇一三年起，又一次詩興噴發，多親情、愛情刻畫，廣受矚目。已結集的代表作為《往南方的路》。

這首詩複沓母親的叮嚀「性子不要急」、「不要嫌麻煩」，表現母親辭世前對兒子個性的了解與不放心。

母親即將離去，她想交代孩子的事還真不少，包括土地權狀、存款單、家人的照片……，而這些東西藏放的地方，或在抽屜紙堆中，或在衣櫃的被子夾層，或在冬衣的內口袋，或在旅行箱，都顯示人生的倥傯迫促。「當年逃難遠行時都是這樣處置的」，印證了現實人生的經驗。「這輩子的照片都放在桌旁的旅行箱裡」，也暗示了人生如逆旅的漂泊無定。

第五、六節，體貼母親這一輩子的辛酸、孤寂，最後兩節則採「對照」筆法逼出詩意：以母親童年的「第一次遠足」對照她此生結束時最後一次「很遠的遠足」，引人對生命做更深的省思；母親最後說這回「要麻煩你們了」，對照前頭交代兒子尋找東西「不要嫌麻煩」，也暗含身不由己的感傷。詩人若非有深切的哀思，不能有此似不經意而實為巧構的表現。

他們贏了

◎孫梓評

他們擁抱，他們牽手
他們經過
他們贏了

距離彼此擁抱，時間手牽著手
意義喧嘩地經過
愛情贏了

我低頭，發覺自己的悲傷
多麼地不具備學術性。
亦未儲滿人生最大公約數。充其量
只是一次小小的光合作用

當擁抱碎裂，嫉妒牽手
背叛經過——
寂寞贏了，寂寞贏得多麼寂寞

品評

孫梓評（一九七六—）生於臺灣高雄，東吳大學中文系畢業，東華大學創作與英語文學研究所碩士。曾參與張曼娟創設的「紫石作坊」，寫作小說，現任《自由時報．副刊》主編。羅智成評論其詩「充滿巧思與閱讀的驚喜」，「嫻於用一種潔淨或潔癖的童話場景，來修飾騷動、不安定的靈魂」。代表作如《善遞饅頭》、《你不在那兒》。

〈他們贏了〉描寫人生關係的發生、失落。當其發生，自然有擁抱、牽手的動作，距離拉近，共有一段相愛的時光；當其失落，擁抱關係碎裂，前來牽手的是嫉妒的心理，深深地經歷了被「背叛」的感覺。失去了愛，只取回了寂寞。

所謂輸贏就看有沒有建立起關係、是什麼樣的關係。這首詩當作情詩讀也有意思，我眼中的「他們」是愛情的勝利者，唯獨「我」，只進行了「一次小小的光合作用」，而一次是不夠的，不能持久的結盟，情愛的青苗必定枯萎。

這首詩的構思、語法、情境，十分獨特。表現緣會得失，非深入人我關係（不管同性、異性），不能有如此簡明而深沉的表達。個人的悲傷失落很難有道理可言，既難與人相同，也難與人敘說，詩人因此說這是「多麼地不具備學術性」。

沒有名字的碑石

◎林煥彰

・清明返鄉掃墓，我為那些無主墳深深納悶著。

望我遠方遠方的雲雲灰茫
望我遠方遠方的路路盡處
（可是我，我……）
直到成爲暮色的一部分
同星
和月
一起淪落，向孤寂的太空
望我家屋家屋的門門洞開

望我窗户窗户的燈燈微弱
（可是我，我……）
直到成爲早餐桌上的一碟陽光
同樹
和花
一起上昇，向喧囂的大地

品評

林煥彰（一九三九—），臺灣宜蘭人，幼年時因家境清寒，未受完整的學校教育。及長，困勉苦學，以寫作為職志，能自平常事物中發掘微妙義理，在現代詩及兒童文學方面皆有可觀的成績。曾任中華民國兒童文學學會理事長、《布穀鳥》詩刊及

《乾坤》詩刊總編輯。蕭蕭説，林煥彰的詩以記敘「人」的生活秩序著稱，是一位典型的「生活詩人」。代表作如《無心論》、《斑鳩與陷阱》。

墳上碑石，照理説必定鐫有名姓，其所以湮滅無存，是因年代久遠，乏人清掃修繕。據此推斷，無主墳這一家道並不興旺，生活也相當艱難，因而子孫後輩無暇顧及山上先人的墳塋，一任碑石在流光中漸漸隱去；也可能暗示倫理之情淡漠，「沒有名字」指的是因無人祭祀而截斷了譜系，並非碑石上沒有名字。

括號行若不計算在內，本詩一、三節，就修辭學而言，是頂真法。頂真是上句尾做下句頭（例如：望我遠方——遠方的雲——雲灰茫），前後蟬聯，上下遞接，有暢轉之致、歌謠之趣，在吟誦中，特別容易打動人心。

詩中的我為墓中人。死者不再有生命關照，「他」的脈動、「他」的呼息，都是作者所投注，由作者代言。

第一節寫無主墳中死者孤寞無依的情景。極目遠方，雲層灰茫，草掩路盡。眺望的眼，縱使要望穿了，「可是，我……」我什麼呢？——我沒有名字。中國人追根源，講家譜。人世滄桑，將他「除名」，就詩人來看，這是令人感慨的一件大事。「我，我……」表現難為啟齒的情狀。

第二節承第一節而來，當暮色四合，星月在天，他沒有名字的創傷被夜掩覆，沒有名字的愁慘，同星月一樣在無邊的天宇中淪落消解。

第三節寫他眺望塵世家門破敗寒傖的情景。家門洞開，室燈微弱，顯見得不是富室顯族。可是我，沒有名字，又能怎樣？這一份不安，能向誰説？

第四節承接第三節。生命輪迴，返本歸根，德佑後生。祖蔭像樹一樣遮涼，花一樣放香；黑夜過去，他仍是可食的陽光，早餐的食糧，充滿倫理之愛。

土地從來不屬於

◎吳晟

土地，從來不屬於
你，不屬於我，不屬於
任何人，只是暫時借用
供養生命所需

一坵田，八百代主人
歷代祖先，守護土地
再交付下一代
看顧，即使擁有
也只是億萬年生命史
匆匆一瞬

鳥，飛掠天空、借宿樹梢

魚，悠游海洋溪流，棲息水草
獸，覓食森林原野
散居山坡、丘陵、平原、海濱
每一片土地的子民
也都只是暫住者

請解放我們的腳掌和肌膚
請敞開我們的鼻息
請貼近我們的心胸
直接傾聽土地深處、最深處
汩汩流動的訴說

土地，孕育豐饒多樣的
生命，綿延不息
任何經濟數字，沒有資格

估算多少價值與意義
土地，在大自然的懷抱中
上天的照拂下
從來不虧欠、不背棄
人們，爲何一再換來
粗暴的傷害

今日活著的我們
明日即將離去
何忍放任永無饜足的貪念
吞噬有限的山林溪流綠地
成爲不肖的祖先
如何向子孫交代

每一片土地的毀棄

都是萬劫不復的災難
將我們快速逼近
無處立足的絕境

彷如空氣、彷如陽光、彷如四季
土地，從來不屬於
任何人，任何世代
誰也沒有權力
剝奪下一代的未來

品評

吳晟（一九四四—），本名吳勝雄，彰化溪州人。省立屏東農專畢業，任教溪州國中、靜宜大學等校。曾獲中國現代詩獎，應邀赴美國愛荷華大學「國際作家工作坊」訪問，二〇〇二年獲彰化縣文學貢獻獎。著有詩集《吾鄉印象》、《泥土》、《吳晟詩選》、《他還年輕》等。其鄉土田園詩風早經公認，投身社會、環保運動的熱情也很鮮明，為最具代表性的農民詩人。

〈土地從來不屬於〉的詩題，是一個未完的待續句，「不屬於你，不屬於我，不屬於任何人」，「仿如空氣、仿如陽光、仿如四季」，清楚表明土地不是私有的，而是一代代人共有的。

第二、三節以人生短暫如一瞬，對照土地億萬年長存的生命史，人應守護土地；包括一切蟲、魚、鳥獸，都是地上的暫住者。和諧共生，謙卑相處，是這首詩傳示的生命倫理。

第四、五節邀請民眾貼近自然，真實地以感官認知土地的豐饒，呼籲大家不要炒作土地、竭澤而漁，不要虧欠土地的愛。

第六、七節強調全詩的主旨，再三叮嚀，再三懇求。收束呼應開端，產生一種迴環的情致。全詩語言明朗，易讀易感，深具大眾影響力。

卷五

哲思冥想

十四行（之16）

◎馮至

我們並立在高高的山巔
化身爲一望無邊的遠景，
化成面前的廣漠的平原，
化成平原上交錯的蹊徑。

哪條路，哪道水，沒有關連，
哪陣風，哪片雲，沒有呼應：
我們走過的城市，山川，
都化成了我們的生命。

我們的生長，我們的憂愁
是某某山坡的一棵松樹，
是某某城上的一片濃霧；

我們隨著風吹，隨著水流，
化成平原上交錯的蹊徑，
化成蹊徑上行人的生命。

品評

馮至（一九〇五—一九九三），本名馮承植，河北人。北京大學畢業後留學德國，攻文學與哲學。返國後，歷任上海同濟大學、昆明西南聯大及北大教授。一九六四年在中國大陸任「中國社會科學院」外國文學研究所所長。他的詩以「耐人沉思的理，和情景融成一片的理」（朱自清語），確立他在中國新詩「第一期」詩人中的重要地位。

馮至在《十四行集‧自序》說明十四行詩的寫作緣起：

「一九四一年我住在昆明附近的一座山裡，每星期要進城兩次，十五里的路程，走去走回，是很好的散步。一人在山徑上、田埂間，總不免要想，看的好像比往日看的格外多，想的也比往日想的格外豐富……有些經驗，永久在我的腦裡再現，有些人物，我不斷地從他們那裡吸收養分，有些自然現象，它們給我許多啟示：我為什麼不給他們留下一些感謝的紀念？」

於是，馮至一口氣寫了二十七首十四行詩。這裡選讀第十六首。

十四行，人稱商籟體（sonnet），在西洋詩中格律嚴謹，這種詩體的內容多半是讚美男女情愛，描繪天地星辰、山川草木。分行法，或四四三三，或八六、四四六、四四四二，也有不分節的寫法，但十四行的整數不可變更，音步（詩歌中節奏與韻律的測量單位）要求劃一，韻腳也頗講究。在外國寫此種詩體最具代表性的詩人是英國大文豪莎士比亞。

馮至此詩寫生命義理、大化流行，人與自然交融，有限的生命可以化成無限，有限的天地也可以化成無邊無際，節奏歡然暢快，藉神運情移之功，而使思維載欣載奔起來，呈現一種完美的和諧之境。

「化」字在詩中佔著十分重要的地位，像電影淡入、淡出的手法，接合兩種景象，推衍出新義。第一節寫平原無邊、蹊徑交錯——是人對自然那寬容孕育、交流無礙盛景的嚮慕。第二、三節從外景內視心靈，看出路、水、風、雲、城市、山川，平凡的物景中，無處沒有人生道路、人際情緣的感應和啟發；天地有情，悲歡皆有具體事物印證。

末節，詩人引領讀者與風雲並驅，「隨著風吹，隨著水流」，隨緣隨喜，搖蕩生姿；把「有心之器」投射在「無識之物」中，就像《文心雕龍》所說「登山則情滿於山，觀海則意溢於海」。結語「化成平原上交錯的蹊徑，化成蹊徑上行人的生命」，有一股回向人間的熱力，寓哲理於詩意中。

馮至的十四行詩，多呈四四三三式，音步、韻腳俱清晰，與後來的詩人借用「十四行」之名實際寫的卻只是貌似十四行詩，不可等同視之。

追求

◎覃子豪

大海中的落日
悲壯得像英雄的感嘆
一顆星追過去
向遙遠的天邊

黑夜的海風
颳起了黃沙
在蒼茫的夜裡
一個健偉的靈魂
跨上了時間的快馬

覃子豪（一九一二—一九六三），四川廣漢人，曾於北平中法大學就讀，後留學日本，一生致力於新詩創作與翻譯，發揚象徵主義詩學。一九五〇年代創辦「藍星詩社」，主編多種詩刊，並長期主持文藝函授學校新詩講座，栽培後進，為臺灣早年詩壇領袖人物。代表作如《海洋詩抄》、《畫廊》。

〈追求〉一詩，以落日為主體意象，將落日形容為一個悲壯的英雄、一個健偉的靈魂。落日為何悲壯，因為黑夜即將來臨，英雄也有時不我予的感慨；落日何以健偉，因為它在時間的輪轉中奔馳，它的追求永遠在前方、在未來。

以「大海」為情境，再藉著海風颺起陸地上的黃沙，將英雄的活動場域拉大，更顯出無邊無際的蒼茫。

「一顆星追過去／向遙遠的天邊」，是很有意思的情節安排。日頭落下，星星亮起，合乎自然現象，詩人用一個擬人化「追」字，星星像「粉絲」一樣追逐落日這位英雄偶像。那麼，不僅英雄有追求，一般不起眼的小星星在英雄的引領下，也有遙遠的追求。

斷章

◎卞之琳

你站在橋上看風景，
看風景人在樓上看你。
明月裝飾了你的窗子，
你裝飾了別人的夢。

品評

卞之琳（一九一〇—二〇〇〇），江蘇海門人，幼曾於私塾習古文，一九二九年入北大英文系，開始寫詩。曾應邀前往英國牛津訪問。歷任四川大學、昆明西南聯大、天津南開大學、北大等校教授，及北京「中國社會科學院」外國文學研究所研究員。詩風兼融古典清麗及現代玄思，代表作如《十年詩草》、《雕蟲紀曆》。

斷章一詞，就意涵而言，指生命中的一個片段；就篇幅長短來說，指以一句、二三句或一段即可獨立表現者。嘆賞〈斷章〉這首詩的人很多，毋須我多詞費。余光中說：「能越過表相去探討事物的本質與普遍的真理」，「原來世間的萬事萬物皆有關聯，真所謂牽一髮而動全身。你站在橋上看風景，另有一人卻在高處觀賞，連你也一起看了進去，成為風景的一部分，有如山水畫中的一個小人。同樣地，明月出現在你的窗口，你呢，卻出現在別人的夢中。你的窗口因為有月而美，別人的夢呢，因為你出現才有意義。」

卞之琳自云：「我著意在這裡形象表現相對相親、相通相應的人際關係，本身已經可以獨立，所以未足成較長的一首詩，即取名〈斷章〉。」

詩人學者江弱水說：「這首即興的四行小詩，卻包含了諸多最宜入詩的元素：橋、樓、月、窗、夢。林庚說王維的〈渭城曲〉之所以常讀常新，就是因為四行詩分別寫了四個意象，雨、柳、酒、關，每一個都創造出新的原質，賦予了新的美感。〈斷章〉成功的奧妙庶幾類此。此外，我曾經說過，〈斷章〉很容易讀成一則愛情故事：男主角矜持、含蓄，私心傾慕一位美麗的女子，卻未敢表白，只是從遠處偷覷，在夢裡相尋，而那位女子則渾然不知自己已成為別人眼中的美景、夢中的珍飾。如此一來，它既富理趣，又含情韻，真是雅俗共賞。」

長頸鹿

◎商禽

那個年輕的獄卒發覺囚犯們每次體格檢查時身長的逐月增加都是在脖子之後，他報告典獄長說：「長官，窗子太高了！」而他得到的回答卻是：「不，他們瞻望歲月。」

仁慈的青年獄卒，不識歲月的容顏，不知歲月的籍貫，不明歲月的行蹤；乃夜夜往動物園中，到長頸鹿欄下，去逡巡，去守候。

品評

商禽（一九三〇—二〇一〇）四川珙縣人，本名羅燕，使用過羅硯、壬癸、羅馬、商禽等筆名。小時候曾同時讀小學及私塾，從軍前受過初中教育。一九六九年應美國愛荷華大學「國際寫作計畫」邀請，及福特基金會獎助，在美遊學二年，獲愛荷華大學榮譽作家銜。返國後曾任《時報周刊》副總編輯。為「創世紀」詩社代表詩人，以散文詩的形式創造了「瑰麗、深刻、多變、躍動」的特異詩風。代表作如《夢或者黎明及其他》、《商禽・世紀詩選》。

通常讀這首詩最容易被吸引的形象是伸長脖子的囚犯。在詩人筆下「飾演」這種囚犯的動物是長頸鹿，長頸鹿是一個戲劇化的喻依。

年輕的獄卒未涉獵太多世事，對於人生猶處於單純懵懂的階段，面對生命的困頓，多的是隨機映現的溫情，而不能了解困頓掙扎其實是人生不可免的歷鍊。「長官，窗子太高了！」是只著眼於外相，不如他的長官之能深入內情。果真把窗口降低，人在世上被拘囚的壓力就一定能消解掉嗎？人就可以不必再瞻望了嗎？答案當然是否定的。能瞻望歲月的，乃能免於無所事事的平庸墜落，不斷地提升超越，完成救贖。

但是，這些是仁慈的青年獄卒所不了解的，他的「仁慈」只著眼於卸除眼前之困，是幾近於無知的仁慈——不識生命的樣相（歲月的容顏）、不知生命的本質（歲月的籍貫）、不明生命的走向（歲月的行蹤）……

然而，這個獄卒雖不是個深體生命的人，卻算得上是個關心生命熱愛學習的人，所以才有「夜夜往動物園中，到長頸鹿欄下，去逡巡，去守候」的動作。關在動物園中的長頸鹿是他可以「具體」地觀察學習的對象，日思夜想，其根本之因還在於想參與生命瞻望的行列，認識生命。

蕭蕭曾以荒謬事件分析這首詩，說「事雖荒謬，理卻至明」，並說這樣的荒謬事件也許是受到當時（商禽寫這首詩是一九五九年）盛行的卡謬、沙特、卡夫卡等人的小說所影響。

現代人不見得要身體被拘禁才稱作囚犯，心靈深受牢籠之苦的人正多著。從這個角度看，商禽的「長頸鹿」又具有相當的普遍性，伸長脖子瞻望歲月成了積極人生的一個共性了。

燈下削筆

◎陳義芝

燈下削筆
有很多白天不便細述的事
藏在心底
趁此一刀刀削去

模糊的光從兩眼穿出
其實說了也沒人懂它啊
暗恨多深刀削也多深
影子垂低了頭不願再說話

要怎樣才能摘下面具
削掉虛假的臉皮
什麼時候才敢掏心
向誰表露自己的清明

江湖須面對
惡劣的氣候同時必須
燈下削筆自有寬廣的嚮往之地
但只能在心的版圖上將它佔領

有時不免還要撤離
局促於規矩一筆一畫
儘管書寫起來並不歡喜
仍舊姓名年齡經歷及其他

乞求了解的心
先跪下，像夜雪飄零
筆才能在千萬隻焦灼注目的眼中
晨光般精神地站起

陳義芝（一九五三—），生於臺灣花蓮，成長於彰化。臺灣師範大學國文系畢業，高雄師大國文研究所博士。一九七〇年代初與友人創辦《後浪詩刊》，後續辦《詩人季刊》，曾任《聯合報》副刊主編，現任臺灣師範大學國文學系教授。詩人楊牧說：「我讀陳義芝的詩，特別為他之能肯定古典傳統並且面對現代社會，為他出入從容、不徐不疾的筆路情感而覺得感動。」

〈燈下削筆〉寫於一九八七年，表露作者在喧嚷人世的情志與追求，掙扎的痕跡歷歷可見。選擇燈下作為自己的天地，因為只有等到夜深人靜時才能回返自屬的心靈；以「削筆」喻說寫作，愛恨的表達都可以比較強烈。與「燈下削筆」相對映的生活則是白天社會的蒙昧混沌、虛假應酬、不合理的規矩制度，這些都是忤逆心靈的，足以造成暗恨、暗傷，卻也是我們不得不面對的江湖、不得不忍受的氣候，不論你喜歡與否，都必須承受。

也許，別有寄託才是君子處亂世的最佳辦法，作者以文學為「別有寄託」的嚮往之地，把真誠奉獻給文學，委屈傾訴給文學，並把追慕的理想注入自己能夠獨力掌握的筆中。結尾婉曲地顯示了詩人的信仰和自視——在「小我」的天地中謙卑跪下，然後在「大我」的天地中巍然站起。

詩人陳黎稱這首詩「藉削筆喻內心的修養」，是從心性上作更寬廣的一種解讀。

菩提樹下

◎周夢蝶

誰是心裡藏著鏡子的人呢？
誰肯赤著腳踏過他底一生呢？
所有的眼都給眼蒙住了
誰能於雪中取火，且鑄火爲雪？
在菩提樹下。一個只有半個面孔的人
抬眼向天，以嘆息回答
那欲自高處沉沉俯向他的蔚藍。

是的，這兒已經有人坐過！
草色凝碧。縱使在冬季
縱使結趺者底跫音已遠逝
你依然有枕著萬籟
與風月底背面相對密談的欣喜。

坐斷幾個春天？
又坐熟多少夏日？
當你來時，雪是雪，你是你
一宿之後，雪既非雪，你亦非你
直到零下十年的今夜
當第一顆流星驍然重明

你乃驚見：
雪還是雪，你還是你
雖然結趺者底跫音已遠逝
唯草色凝碧。

周夢蝶（一九二一—二〇一四），原名周起述，河南淅川人。幼入私塾，初中畢業後曾就讀開封師範、宛西鄉村師範，以家貧又逢戰亂而輟學。曾任小學教員及圖書管理員。一九四九年隨軍來臺，妻與子均滯留大陸。童年生活坎坷，父親在他出生前即去世，失怙之苦對他的個性影響極大。中年以後潛心習佛，思索人生歸向。曾在臺北武昌街明星咖啡屋的騎樓下，擺設書攤。葉嘉瑩說他的詩「一直閃爍著一種禪理和哲思」，「在一片瑩明中，我們看到了他的屬於『火』的一份沉摯的淒哀，也看到了他的屬於『雪』的一份澄淨的淒寒」。

作者發表此詩時曾加按語「佛於菩提樹下，夜觀流星，成無上正覺」。據記載，悉達多王子（釋迦牟尼）逃出王宮，四處苦行，終覺無益，乃坐菩提樹下立誓願，如不覺悟決不起身。他夜歷諸修行階段，破曉前突見天際一明星，頓時開悟，而成佛陀。因佛坐此樹下，故菩提樹又稱覺樹或道樹，有「成就至高至正的覺悟」的佛教象徵意義。

在禪宗的故事裡，鏡子是有典故的。五祖弘忍的弟子神秀曾作短詩警句：「身似菩提樹，心如明鏡臺；時時勤拂拭，勿使惹塵埃。」另一弟子慧能境界更高，他針對〈神秀偈〉而說：「菩提本無樹，明鏡亦非臺；本來無一物，何處惹塵埃。」因而得傳衣缽。鏡子的鑑照作用，如同人心悟道之追求。

周夢蝶這首詩表現「明心見性」的思辯與追求。如果以情之痴迷加以解讀，也許更易理解。誰能看清戀愛的真面目？誰能面對戀情而通達？誰能將戀愛的激狂火熱（火）與孤清淒涼調適得恰到好處？「一個只有半個面孔的人」，另半邊臉呢？莫非被世緣俗情蒙蔽住了。

愛戀易限於闇昧狀態，永遠需要自己體驗，沒有人能替你完成救贖。也唯有自己親自結趺，親自坐過，才能感受到與風月密談的欣喜。第三、四節寫「情」的覺悟，從「雪是雪，你是你」到「雪既非雪，你亦非你」，終至「雪還是雪，你還是你」。而這一切都有凝碧的草色見證。自然育化，運轉有序，並不因情萌、情傷有所不同。情之執迷畢竟為天際一顆流星所點醒。

常州天寧寺聞禮懺聲

◎徐志摩

有如在火一般可愛的陽光裡，偃臥在長梗的、雜亂的叢草裡，聽初夏第一聲的鷓鴣，從天邊直響入雲中，從雲中又回響到天邊；

有如在月夜的沙漠裡，月光溫柔的手指，輕輕的撫摩著一顆顆熱傷了的砂礫，在鵝絨般軟滑的熱帶的空氣裡，聽一個駱駝的鈴聲，輕靈的，輕靈的，在遠處響著，近了，近了，又遠了……

有如在一個荒涼的山谷裡，大膽的黃昏星，獨自臨照著陽光死去了的宇宙，野草與野樹默默的祈禱著，聽一個瞎子，手扶著一個幼童，鐺的一響算命鑼，在這黑沉沉的世界裡回響著；

有如在大海裡的一塊礁石上，浪濤像猛虎般的狂撲著，天空緊緊的繃著黑雲的厚幕，聽大海向那威嚇著的風暴，低聲的，柔聲的，懺悔他一切的罪惡；

有如在喜馬拉雅的頂巔，聽天外的風，追趕著天外的雲的急步聲，在無數雪亮的山壑間回響著；

有如在生命的舞臺的幕背，聽空虛的笑聲，失望與痛苦的呼籲聲，殘殺與淫暴的狂歡聲，厭世與自殺的高歌聲，在生命的舞臺上合奏著。

我聽著天寧寺的禮懺聲！

這是那裡來的神明？人間再沒有這樣的境界！

這鼓一聲，鐘一聲，磬一聲，木魚一聲，佛號一聲……樂音在大殿裡，迂緩的、曼長的迴盪著，無數衝突的波流諧合了，無數相反的色彩淨化了，無數現世的高低消滅了……

這一聲佛號，一聲鐘，一聲鼓，一聲木魚，一聲磬，諧音磅礡在宇宙間
——解開一小顆時間的埃塵，收束了無量數世紀的因果；

這是那裡來的大和諧——星海裡的光彩，大千世界的音籟，眞生命的洪
流：止息了一切的動，一切的擾攘；

在天地的盡頭，在金漆的殿椽間，在佛像的眉宇間，在我的衣袖裡，在耳
鬢邊，在官感裡，在心靈裡，在夢裡……

在夢裡，這一瞥間的顯示，青天，白水，綠草，慈母溫軟的胸懷，是故鄉
嗎？是故鄉嗎？

光明的翅羽，在無極中飛舞！

大圓覺底裡流出的歡喜，在偉大的，莊嚴的，寂滅的，無疆的，和諧的靜定中實現了！

頌美呀，涅槃！讚美呀，涅槃！

品評

徐志摩（一八九七—一九三一）本名徐章垿，浙江海寧人。留學英國劍橋時激發出驚人的文學火花，返國後歷任清華、北大等校教授。一九二三年與胡適、聞一多、梁實秋等人成立「新月社」，翌年再與胡適、陳西瀅等人創辦《現代評論》周刊，一九二五年接編《晨報副刊》。他與陸小曼的愛情故事傳誦久遠，一九三一年不幸於山東白馬山附近墜機死難。楊牧曾撰文評論徐志摩：「他的浪漫精神是真實，無可動搖的。他關懷社會現狀，往往熱中處理痛苦不安的主題……我們若以為徐志摩只是一個情詩夢幻能手，則我們錯會了他正面的浪漫精神，誤解了他維多利亞風度的人生介入……」

這首詩寫常州天寧寺聽誦經聲時的感受。開頭以六個比喻形容禮懺聲，各有完整的情境，故形式雖然相近，但因富於變化而不覺重複單調。

在詩人筆下，那禮懺聲如陽光下的鶺鴒聲、月光下的駝鈴、星光下的算命鑼、海潮、天風以及如在生命舞臺背後聽到的歡笑與悲歌……聲音從低到高、從小到大，從淺弱到深強，從自然天地轉向現實人生，讀者但覺那聲音迴響在天邊、在耳際、在心靈、在夢寐，百感交集，大徹大悟。

那聲音是鐘、鼓、磬、木魚等的合奏，不斷地、不斷地迴盪，把人世對立、有高下之分的態勢和色彩全消解了。「解開一小顆時間的埃塵，收束了無量數世紀的因果」，意思是解開了微塵般的一瞬，即了悟了永生的意義。這種聲音開示的和諧，如星海裡的光彩，如大千世界的音籟，如真生命的洪流，如青天、白水、綠草，如慈母溫軟的胸懷。詩人在這裡再度展現豐沛的才情，將借喻發揮得酣暢淋漓，放縱而節制；指揮視覺意象、聽覺意象、觸覺意象齊聲大合唱，詩意一層深過一層，到最後金聲玉振，華麗莊嚴，出以情不自禁的歌讚，實是水到渠成再自然不過的筆法。

本詩共分十一節，長者十餘行，短者僅一行，表面上看不平衡，實則其意涵重量是相當的。

如歌的行板

◎瘂弦

溫柔之必要
肯定之必要
一點點酒和木樨花之必要
正正經經看一名女子走過之必要
君非海明威此一起碼認識之必要
歐戰，雨，加農炮，天氣與紅十字會之必要
散步之必要
溜狗之必要
薄荷茶之必要
每晚七點鐘自證券交易所彼端
草一般飄起來的謠言之必要。旋轉玻璃門
之必要。盤尼西林之必要。暗殺之必要。晚報之必要

穿法蘭絨長褲之必要。馬票之必要
姑母遺產繼承之必要
陽臺、海、微笑之必要
懶洋洋之必要

而既被目爲一條河總得繼續流下去的
世界老這樣總這樣：——
觀音在遠遠的山上
罌粟在罌粟的田裡

品評

瘂弦（一九三二—），本名王慶麟。生於河南南陽。青年時代於大動亂中入伍，隨軍輾轉來臺。曾應邀參加美國愛荷華大學國際創作計畫中心，並自威斯康辛大學獲碩士學位。主編文學雜誌及聯合報副刊等重要期刊數十年，文學經驗博大精深。其創作成就見諸《瘂弦詩集》，刻畫離亂世代的心靈，語言風格獨特，影響廣遠。

如歌的行板，是詩人心目中人生的調子。如歌的（cantabile）是音樂中表示風格的術語，記在譜首速度術語之後或樂曲中部，使演奏者易於體會樂曲的風格。行板（andante），表示速度的音樂術語；行板的速度約如步行的速度。「溫柔之必要」在文法上是組合式詞結，亦即骨子裡是像句子，形式上卻像不成句子的詞組。「溫柔」是形容詞做主語，「必要」是副詞做謂語，「之」字可以省略，跟「溫柔是必要的」同義。以下十八個「之必要」，在語法結構上皆與此同。

〈如歌的行板〉最特出的是那股流盪的音韻。前兩節十六行中出現十九個「之必要」，藉著句型及節奏的變化，竟絲毫不覺其重複累贅。十九種必要，各具輻射性，擴散開來，幾乎包含了人世一切。由於瘂弦用了溫柔、酒、香花、看女子走過、散步、溜狗、飲茶、面海微笑、懶洋洋等舒緩的人事情態穩定住這首詩的速度，因此其間雖插進戰爭、殺戮、商業、賭博、醫藥、死亡……也不致亂了「行板」的章法。

人生境遇一如本詩中所羅列，似零亂又似有機，真實的面貌正是如此連綴而成的，如歌謠一般。行板，恰代表人生行路的步調。

唯有認清生命的本質，才有繼續生活的方向和勇氣。你我既被目為一條河，總得繼續流下去；這世界，淡素與絢麗、慈悲與毒害、善與惡，不相為謀，但恆常並存。〈如歌的行板〉的啟悟性就在這裡。

卷五◆哲思冥想

卷六

地誌書寫

金龍禪寺

◎洛夫

晚鐘
是遊客下山的小路
羊齒植物
沿著白色的石階
一路嚼了下去

如果此處降雪

而只見
一隻驚起的灰蟬
把山中的燈火
一盞盞地
點燃

品評

洛夫（一九二八—二〇一八），本名莫洛夫，湖南衡陽人，一九四八年考入湖南大學外文系，翌年因戰亂隨國軍來臺，於淡江大學外文系完成學業。軍職期間，曾入軍官外語學校受訓，一九六五年赴越南任軍事援越顧問團顧問兼英文祕書。服役左營時與張默、瘂弦共組「創世紀」詩社，引進西方前衛而具實驗性的精神，加速了臺灣新詩的現代化。其詩作描寫戰爭、死亡、生之陰影，充滿悲劇性和批判性，前期意象稠密隱奧，後期帶有禪趣。代表作如《石室之死亡》、《魔歌》、《漂木》。

金龍禪寺位在臺北市內湖區山上，寺名有一「禪」字。洛夫此詩將此禪字的意境高妙地呈現，使得一個一般的山寺，因為此詩而不同凡響。

羊齒植物指山中常見的薇、蕨之類的植物，詩人之所以選它作為意象，因有「羊齒」二字得以別解成羊在咬嚼，於是石階旁的靜態畫面變成動畫了。

張漢良在〈論洛夫後期風格的演變〉一文曾將〈金龍禪寺〉第一節改成散文：「晚鐘響了，是遊客們下山的時間了，他們沿著蔓生著羊齒植物的小路下去。」與原詩對照，立見詩的精鍊。接著又分析道，詩裡的晚鐘竟作了主詞，小路作為它的補語，在這種情況下，「晚鐘」與「小路」透過蒙太奇式的濃縮，竟然互相認同。

「如果此處降雪」，單獨一行即成一節，可見這一句十分重要，若非如此，如何能獨力承擔一節的分量呢？這裡講的降雪並不落在現實的層面，而是指心靈世界：雪色純潔，雪景淒茫，帶著開悟的禪機。接下去洛夫用一個聽覺意象和視覺意象連成的景語作結，「蟬」隱喻「禪」，「山中的燈火」輝映「參禪的心燈」，愈覺空靈。

臺東

◎余光中

城比臺北是矮一點
天比臺北卻高得多

燈比臺北是淡一點
星比臺北卻亮得多

街比臺北是短一點
風比臺北卻長得多

飛機過境是少一點
老鷹盤空卻多得多

人比西岸是稀一點

山比西岸卻密得多
港比西岸是小一點
海比西岸卻大得多
報紙送到是晚一點
太陽起來卻早得多
無論地球怎麼轉
臺東永遠在前面

品評

余光中（一九二八—二〇一七），福建永春人。曾就讀金陵大學、廈門大學，一九五二年畢業於臺灣大學外文系。後赴美，獲愛荷華大學藝術碩士。歷任政大、臺灣師大、香港中大等校教授、中山大學文學院院長，期間曾多次赴美講學。曾與覃子豪、鍾鼎文等人創辦「藍星詩社」，主編《藍星詩頁》、《現代文學》及《文星》詩頁；參與多次重要的新詩論戰，護守新詩園地，並以其學術地位推動青年詩運，人稱「繆斯殿堂的巨人」。其詩風隨時代環境、個人心境而多變，有所堅持，有所創新，兼容傳統中國與西洋現代各種文學精神及技法。

創作之難在於視角是否獨特，構思是否不俗。臺東是臺灣的「後山」，比較偏遠，開發較晚，雖然經濟不如西部城市發達，但也因人為汙染較少，保留更多未遭破壞的自然環境。

余光中抓住臺東這一特點，以人口最為密集、都市型態最稱典型的臺北與它對照，看起來是「說明」性的語法，其實有「映象」的效果。十六行詩中，前十四行呈現十四個比較點，最後兩行有總結性質，是對臺東的謳歌。語言乾淨，形式簡明，對照精確有力——從頭到尾都是人為的與自然的比較。詩人並無明顯的褒貶，卻能引發讀者對棲居環境加以思索。

余光中寫過許多歌詠臺灣的詩，一九七〇年代的〈車過枋寮〉久經傳誦，二十一世紀的〈臺東〉也堪稱妙品。

佐倉：薩孤肋

◎楊牧

月圓的時候有姑婆葉競生如海水
綠色精靈躡蹀窪地陸續在身上
點火於暗微旋飛，直到所有
充血的根莖都急於涉足，仰首
確認狹窄的天光在上，我們的
共同記憶，浮著染靛和石灰
簇擁，推擠——月圓的時候
我看到有重複的人形飄過箭筍
和含羞草啟闔的野地，影子遺落
多風和塵土，多回音的祖靈溪

他的感覺細緻無比，出入
生者靜與死者動間不改其蓊鬱

甚至當上半夜的體溫剛才冷卻
爲露珠，輝煌與簡陋的星座各據一方
相繼傾斜，潰散，如不復記憶的
洪水傳說；他的聲調不變而音色如一
梭巡於白石閃光的水窟，甚至
芒草也爲他開花遮掩遲來和早到
的個體，看他身上揹著弓箭
和新採的洗髮草，孤獨的魂
以訛傳訛，飆舉，攸降，吟唱
一首有關狩獵和捕魚的歌

於是你就格外思念另外一種時候
當新月謹愼若寒眉在遙遠未曙
天邊細聲解說隱喻怎樣應運而生
自幻想，集合繼之以解散

出其不意在你耳後劃一道血痕以及
孤星的眼，風的翅膀，寒光凜凜的
快刀將它一一芟刈，遞嬗死生
薩孤肋，朝向輪迴的終點：
凡具象圓滿
即抽象虧損之機

品評

楊牧（一九四〇—），本名王靖獻，臺灣花蓮人，美國柏克萊加州大學文學博士；曾任教於美國、香港、臺灣等地著名大學。三十二歲以前使用筆名「葉珊」即馳譽文壇；之後啟用「楊牧」新筆名持續創作。在詩、散文、戲劇、評論各方面都創下令人驚嘆的成績。他的作品質精量大，思想深沉，風格又屢屢創新，是當代華文界最具代表性的詩人。

楊牧近期寫的花蓮詩，即使有地名可對照，卻不易照出清晰的風景，他割捨鮮明的花蓮題材、元素、意象，自云：在做「一種追求的自我表述」，「掌握個人的記憶，想像，和信仰」，「捉摸一些飄渺的感覺和知識經驗」，那是他參與而亟於展現的「神話世界」。以〈佐倉：薩孤肋〉為例，「佐倉」是地名，位於花蓮市郊，阿美族語原名「薩孤肋」。

月亮這一原始意象與本詩的想像密切相關，沒有月亮就無法照見姑婆葉等植物躡蹀、旋飛、仰首的神祕生姿；沒有月亮也無法照見野地飄過的人形、箭筍、含羞草、祖靈溪。植物根莖充血，顯示如人心般渴切，因其密生，故天光只能從狹窄的縫隙中透入，以植物的眼光向上仰看「染靛和石灰」的光色，交織「我們的共同記憶」——非個人的，而是以祖靈溪為場域的集體映像。「重複的人形」若指魂與形體的疊合，則表現了原始氛圍不可解的神祕，若指一個又一個的多數，則表現了原住民世代居住，生於斯、遊於斯、葬於斯，所謂「遞嬗死生」的情景。

此詩較隱晦，參看《2006臺灣詩選》楊牧為〈佐倉：薩孤肋〉寫的一段注腳，當更容易明白：

佐倉在花蓮偏西一隅，接近大山腳下，即現在慈濟大學後那大片起伏的丘陵地；舊名薩孤肋，阿美族語意謂生長有茄冬樹之地，後爲日本官方訛爲ちくら即櫻花；漢人知道四顧並無櫻花，逕呼之薩孤肋，又因爲其地實乃早期花蓮街人叢葬之墳場，後訛爲掃骷仔，衍生不少恐怖氣氛，尤其對兒童輩更不免。我的中學同學王禎和作小說〈嫁妝一牛車〉即以掃骷仔爲背景，萬發與阿好住墳場的小路右手邊，隔遠一丈些住著那姓簡的鹿港人。其中詼諧與辛酸不言可喻，均屬人生苦難，而禎和辭世也將近二十年了，墓木已拱，令人不勝懷念。我作這首詩，立意盡可能超越掃骷仔和慈濟醫院的地質層，回歸薩孤肋，意即原住民所擁抱的月光，星象，精靈，以及他們的神話與傳說。

唯有從佐倉原名的意涵，從原住民的月光、星象、精靈、神話、傳說，去體會楊牧寫作當時構思的意圖，始知詩中躡蹀的綠色精靈、重複飄過的人形、多回音的祖靈溪、寒光凜凜的快刀……，許多似乎是他童年耳聞目見的記憶或閱讀經驗，都在一整體想像結構中。這是一首花蓮之歌，有關阿美族人狩獵和捕魚，帶著血痕，以懾人的氛圍重建消逝的時空，格局宏闊，堪稱一種地域文化再造。

島嶼飛行

◎陳黎

我聽到他們齊聲對我呼叫
「珂珂爾寶，趕快下來
你遲到了！」
那些站著、坐著、蹲著
差一點叫不出他們名字的
童年友伴

他們在那裡集合
聚合在我相機的視窗裡
如一張袖珍地圖：

馬比杉山　卡那崗山　基寧堡山
西基南山　塔烏賽山　比林山

羅篤浮山　蘇華沙魯山　鍛鍊山
西拉克山　哇赫魯山　錐麓山
魯翁山　可巴洋山　托莫灣山
黑岩山　卡拉寶山　科蘭山
托寶閣山　巴托魯山　三巴拉崗山
巴都蘭山　七腳川山　加禮宛山
巴沙灣山　可樂派西山　鹽寮坑山
牡丹山　原荖腦山　米棧山
馬里山　初見山　蕃薯寮坑山
樂嘉山　大觀山　加路蘭山
王武塔山　森阪山　加里洞山
那實答山　馬錫山　馬亞須山
馬猴宛山　加籠籠山　馬拉羅翁山
阿巴拉山　拔子山　丁子漏山
阿屘那來山　八里灣山　姑律山

與實骨丹山　打落馬山　貓公山
內嶺爾山　打馬燕山　大磯山
烈克泥山　沙武巒山　苓子濟山
食祿間山　崙布山　馬太林山
卡西巴南山　巴里香山　麻汝蘭山
馬西山　馬富蘭山　猛子蘭山
太魯那斯山　那那德克山　大魯木山
美亞珊山　伊波克山　阿波蘭山
埃西拉山　打訓山　魯崙山
賽珂山　大里仙山
巴蘭沙克山　班甲山　那母岸山
包沙克山　苳苳園山　馬加祿山
石壁山　依蘇剛山　成廣澳山
無樂散山　沙沙美山　馬里旺山
網綢山　丹那山　龜鑑山

品評

陳黎（一九五四—），本名陳膺文，臺灣花蓮人，臺灣師範大學英語系畢業。著有詩集，散文集，音樂評介集凡二十餘種，並譯有《拉丁美洲現代詩選》等十餘種。曾獲國家文藝獎，吳三連文學獎，時報文學推薦獎，聯合報文學獎新詩首獎，梁實秋文學獎詩翻譯獎以及金鼎獎等。論者稱許他是中文詩界最具創新企圖的詩人。代表作如《島嶼邊緣》、《陳黎詩選》、《我／城》。

〈島嶼飛行〉將一座座臺灣高山比擬成一個個孩童，使得雄壯巍峨的高山變得童真親切起來。這首詩的敘述視角十分可愛，詩中的「我」是珂珂爾寶那座山，他飛在高空俯看群山——他的童年友伴。

山，本是坐落在地上，而今竟能飛在天上，這一神奇駕馭使詩產生童話的美感與喜感。珂珂爾寶像是一個好奇的、四處探索的小精靈。群山聚集在一起，要做什麼呢？原來要拍一張照片。第三節以每三座山排成一行的形式，很像大合照的隊形，倒數第六行挖空的那個位置，正是珂珂爾寶山應該在的位置，他跑出隊伍之外，於是同伴呼叫他「趕快下來！」兒童頑皮、活潑的情性，昭然呈現。

臺灣地形大約有一半是高山，這首詩將不易看出意義的山名賦以血氣生命，是一首詩化的、動畫般的臺灣地圖。

頭城——悼F

◎零雨

初夏的黃昏你最好
坐6點5分那班火車

龜山島的腳剛被薄霧洗過
房屋的白牆壁
把黑窗襯得更黑
黑得有點讓人心動

然後火車經過隧道
然後樹也變黑了
然後比豔藍還亮的淺藍布帘
漸漸掉落火車的窗口

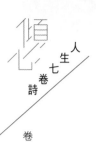

最後掉在村子裡
電線桿的路燈上

那時你特別聽到
跌落山谷的一面鐘
細細叫著蟬一樣地叫
向右掠過水域騷動
龜山島淺淺的睡眠

列車長來剪票了不知爲什麼
他說了謝謝又說旅途愉快
而那正是我想對你說的

品評

零雨（一九五二—），本名王美琴。臺北人，臺大中文系畢業，美國威斯康辛大學東亞語文碩士，哈佛大學訪問學者。歷任《現代詩》主編、《現在詩》創社發起人之一、《國文天地》副總編輯、宜蘭大學教師。曾獲年度詩獎、吳濁流文學獎、太平洋國際詩歌獎，詩質純淨，帶有知性的光澤。代表作《特技家族》、《關於故鄉的一些計算》、《膚色的時光》等。

結合地景元素竟能表達出悼亡的深情，表面卻看不到任何傷痛字眼，〈頭城〉真是一首意蘊極深的詩。

「坐火車」有人生旅途的寓義。「初夏」，是生命正旺盛的時節；「黃昏」，卻將迎來暗夜。龜山島在蘭陽平原東邊，搭乘火車向東望即可見，詩人以「白」與「黑」的反差，描繪黃昏最後的天光，「火車經過隧道」暗示人生也有看不見的黑洞。第四節，淺藍布帘（喻指天色）像一疋思念，掉落在「我」搭乘的火車窗口，也掉在村中點亮的路燈上，非常含蓄幽隱地表現飄搖的心情。緊接著，第五節掠過山、掠過海的鐘聲，莫非與逝者靈犀的顫慄、共鳴。

最後一節仍然雙關現場與心靈深處的情景：生，既是一趟趟的旅程，死也是另一段旅程，「旅途愉快」是列車長對旅客說的話，同時也是敘述者想對所悼念的「F」說的話。以平靜取代熱淚，哀而不傷。

巴黎 ◎瘂弦

奈帶奈藹，關於床我將對你說什麼呢？
——A・紀德

你脣間軟軟的絲絨鞋
踐踏過我的眼睛。在黃昏，黃昏六點鐘
當一顆殞星把我擊昏，巴黎便進入
一個猥瑣的屬於床笫的年代

在晚報與星空之間
有人濺血在草上
在屋頂與露水之間
迷迭香於子宮中開放

你是一個谷
你是一朵看起來很好的山花
你是一枚餡餅，顫抖於病鼠色
膽小而窸窣的偷嚼間

一莖草能負載多少眞理？上帝
當眼睛習慣於午夜的罌粟，
以及鞋底的絲質的天空；當血管如兔絲子
從你膝間向南方纏繞

去年的雪可曾記得那些粗暴的腳印？上帝
當一個嬰兒用渺茫的淒啼咀咒臍帶
當明年他蒙著臉穿過聖母院
向那並不給他什麼的，猥瑣的，床笫的年代

你是一條河
你是一莖草
你是任何腳印都不記得的，去年的雪
你是芬芳，芬芳的鞋子

在塞納河與推理之間
誰在選擇死亡
在絕望與巴黎之間
唯鐵塔支持天堂

品評

瘂弦（一九三二—），本名王慶麟。生於河南南陽。青年時代於大動亂中入伍，隨軍輾轉來臺。曾應邀參加美國愛荷華大學國際創作計畫中心，並自威斯康辛大學獲碩士學位。主編文學雜誌及聯合報副刊等重要期刊數十年，文學經驗博大精深。其創作成就見諸《瘂弦詩集》，刻畫離亂世代的心靈，語言風格獨特，影響廣遠。

「奈帶奈藹」是法國名作家紀德（André Gide）《地糧》書中虛設的人物；紀德在尋求超越、歌頌青春之愛的這本書中，以與奈帶奈藹「對話」的方式，毫無掩飾地告訴我們一顆心靈的祕密。奈帶奈藹（Nath anaél），可看成紀德的弟子，也可以是他內在的自我。

表面上看，這首詩寫巴黎男女、官能的流行靡爛。深入體會，則不難察覺，追問人類沉淪與救贖的問題，才是詩人的終極關懷。從詩的開頭引了《地糧》的句子，可以想見瘂弦對紀德作品的共鳴，也如同紀德一般，寫詩是對生命赤誠的詮釋，而不只是本能和欲望的描寫。

〈巴黎〉的結構安排：一至三節為一組，四至六節為一組，表現兩種聲色，匯合成一整體。第一組圖景——軟軟的絲絨鞋在這裡指女人性感的嘴唇；「當一顆殞星把我擊昏」，有驚豔、沉迷、墮落等多重指涉。「晚報與星空之間」，就時間言，是黃昏到夜；就空間言，晚報是鋪在地上的，星空是掛在天上的，情欲的發洩，以天為幕，以地為席。「在屋頂與露水之間」，既指從夜到晨，也表示不論是室內或野外；迷迭香強調感官刺激。代表巴黎女子的「你」是一個凹陷的谷，是一朵山花，是誘人偷嚼的餡餅，或者殘渣。

第二組圖景——面對性的挑激，純潔為粗暴所摧毀，真理微賤如一莖草。「午夜的罌粟」是一個繽紛狂亂的世界；「鞋底的絲質的天空」或指霓虹映出的幻像。第四節最後一句是性愛的隱喻。嬰兒莫知所以地出生，母親蒙著臉穿過聖母院，這世界除了汙穢、怨恨，什麼也沒有給他們。是環境的影響，還是命運的悲劇？無可奈何的「你」是必須流下去的河、必須生長的草，甚至是被穿過、蹂躪過就忘了的鞋子。

最後一節，詩人總結對遙遠的巴黎的關注、憂思：在自然與人文之間，在絕望與希望之間，儘管有人墮落、選擇死亡，但仍有超拔聳立的鐵塔，作為未來期待的表徵。

卷七
社會關懷

阿富羅底之死

◎紀弦

把希臘女神Aphrodite塞進一具殺牛機器裡去
切成
塊狀

把那些「美」的要素
抽出來
製成標本；然後
一小瓶
一小瓶
分門別類地陳列在古物博覽會裡，以供民眾觀賞
並且受一種教育
這就是二十世紀：我們的

紀弦（一九一三—二〇一三），祖籍陝西，本名路逾，早年用「路易士」的筆名，畢業於蘇州美專。他是戴望舒在一九三〇年代編輯《新詩》雜誌時的同事，一九三四年自費刊行《易士詩集》，抗日戰爭勝利那年又出版了《三十前集》。一九五三年在臺北創辦「現代詩社」，出版《現代詩》月刊及季刊。一九五六年宣告成立現代派，發表〈現代派信條釋義〉一文，提出現代派的六大信條：一、揚棄並發揚光大地包容了自波特萊爾以降一切新興詩派之精神與要素。二、新詩乃是橫的移植，而非縱的繼承。三、詩的新大陸之探險，詩的處女地之開拓。四、知性之強調。五、追求詩的純粹性。六、愛國，反共。對臺灣現代詩的發展，影響甚深。他認為詩的本質是「詩想」，不是「詩情」，二十世紀的人應該以詩來思想。

「阿富羅底」是希臘女神Aphrodite的譯名，傳為宙斯之女，火神哈派斯特之妻，掌管美與戀愛，與古羅馬神話之維納斯相當。

〈阿富羅底之死〉是詩人對現代教育制度、教育方法的冷冷批判。多少年來臺灣教育的缺失，不外瑣碎粗糙、制式僵化、過時而無前瞻性。

美原本存在於活生生的實體，而今我們卻用殺牛機器將它蠻橫地扼殺。美一旦被切成塊狀就不美了（詩中的美字用引號，有相反義）；製成標本，那是死的；裝成一小瓶、一小瓶，陳列給人看——更直接指出我們教育的病灶，形式主義盛行，良法美規到得人手中，都只虛應故事、做表面工夫，不在乎具體不具體、深入不深入；學童從書本所獲的知識，常常跟生活中的見聞體驗，無法結合在一起。如此教育下成長的人，塑造出便宜行事的心理，追求真知的心願怎麼可能大？是非感又如何能強呢？

紀弦在臺灣有長期的中學教學經驗，備感升學考試對師生的壓榨，他定然有很深的感懷。若將此詩放在社會教育的範疇中來看，說詩人批評的是大眾的文化品味和審美觀，也行。

信鴿

◎陳千武

埋設在南洋
我底死，我忘記帶回來
那裡有椰子樹繁茂的島嶼
蜿蜒的海濱，以及
海上，土人操櫓的獨木舟……
我瞞過土人的懷疑
穿過並列的椰子樹
深入蒼鬱的密林
終於把我底死隱藏在密林的一隅
於是
在第二次激烈的世界大戰中
我悠然地活著

雖然我任過重機槍手
從這個島嶼轉戰到那個島嶼
沐浴過敵機十五糎的霰彈
擔當過敵軍射擊的目標
聽過強敵動態的聲勢
但我仍未曾死去
因我底死早先隱藏在密林的一隅
一直到不義的軍閥投降
我回到了——祖國
我才想起
我底死，我忘記帶回來
埋設在南洋島嶼的那唯一的我底死啊
我想總有一天，一定會像信鴿那樣
帶回一些南方的消息飛來——

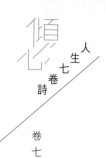

品評

陳千武（一九二二—二〇一二），本名陳武雄，另一筆名桓夫，生於臺灣南投，為「笠」詩社發起人，曾任臺灣筆會會長、臺中市立文化中心主任。一九四二年被日本總督府徵召為「臺灣特別志願兵」，翌年派往南洋參戰。戰後第二年才回到臺灣。其現代詩具有強大的批判性、鮮明的時代意義，代表作有《密林詩抄》、《野鹿》等，並有小說集《獵女犯》，及豐富的譯作。二〇〇二年獲頒國家文藝獎。

〈信鴿〉寫於一九六四年，陳千武創作高峰期。詩分二節，「我底死，我忘記帶回來」、「我底死隱藏在密林一隅」這兩句主題詩句，前後交織，表現戰爭的傷害、不堪回首的恐懼陰影，唯其忘死，乃能無懼於死。第一節先描述他置身的環境：蠻荒的叢林島嶼；第二節描述戰爭的情景，「沐浴過」敵機的霰彈，「擔當過」敵軍射擊的目標，將無助的慘烈轉化成無可奈何的淡然，這種低調語詞特能蘊生出不可置信的反差張力。

倒數第三行，「那唯一的我底死」，用「唯一」表示無可比擬的生命威脅。最後一行「南方的消息」既指個人生命體驗，也包含人類共同的經驗教訓。如此看來，「信鴿」可解作傳遞心靈記憶的訊息：期待撫平戰爭的傷害，終有一天敢直面戰場的經歷。

拔劍

◎楊澤

日暮多悲風。
四顧何茫茫。
拔劍東門去。
拔劍西門去。
拔劍南門去。
拔劍北門去。

品評

楊澤（一九五四—），本名楊憲卿，臺灣嘉義人，臺灣大學外文系畢業後入美國普林斯頓大學深造，獲博士學位。曾於美國任教，返臺後任《中國時報·人間副刊》主任。並曾於臺北藝術大學、東華大學任教。著有詩集《薔薇學派的誕生》、《彷彿在君父的城邦》、《人生不值得活的》、《新詩十九首》。其詩作，格局縱深而寬闊，兼有歷史悲情與現代浪子的倦怠感。

〈拔劍〉只能算是楊澤的小品，但民族風格、歷史感、知識分子的責任擔當與徬徨，俱在其中。總共六行，頭兩行以極為精省的筆法寫處身之大環境，日之夕矣，悲風四起，說明了這個時代仍有諸多不平不幸、不歡不快。俠者攘臂而起，蒼茫四顧，在一個為罪惡包圍的城市，血淚激揚，憤憤難已，不得不東南西北拔劍奔波。

末四行重句疊調，將時局危殆、俠者顧念蒼生急切之情表露無遺，是一種濃縮的寫法，摹情傳真的效果頗佳。北朝民歌〈木蘭詩〉中有這種疊調歌詠的句式。

樂府詩〈東門行〉，寫貧士處溷濁之時局，無糧無衣、妻子凍餒之慘況，不禁憤然拔劍欲出東門行險，其中有「拔劍出門去，兒女牽衣啼」句，想必對楊澤有所啟發。

盲夢

◎須文蔚

我是天生的盲人，人們總以爲我在夜晚沒有夢。其實經常有白鳥在夢的曠野上飛翔，草茨在雲端發芽，開出發光的花，飄飛在人們溫柔的話語中。

在我夢中有一個女孩，她用手掌凝視我，以掌紋網住我不安的心。在她的掌心有一道細細的傷口，娓娓流出她的淚，以及霜寒後的記憶。

我只能繼續握緊她，把霜雪融化成一道奔流的小溪。

品評

須文蔚（一九六六—），臺北市人。東吳大學法律系學士，政大新聞研究所碩士、博士，現任國立東華大學華文文學系教授兼主任。曾任《創世紀》詩雜誌主編，《乾坤》詩刊總編輯。創辦臺灣第一個文學網路資料庫《詩路》，長於文學傳播與數位文學理論。情懷厚實，思想有先鋒性，著有詩集《旅次》與《魔術方塊》，學術論著《臺灣數位文學論》、《臺灣文學傳播論》等。

這是一首散文詩，採分段形式而非分行。詩中的「盲人」，不自卑、不怨嘆命運，反而懷著幸福美好的夢想，白鳥飛翔、小草在雲端發芽發光，都是他期望的夢境。

第二、三段寫夢境中的女孩，她有淒涼的記憶，但她收納我的不安；我感受到她的愛，盡力撫慰她的創傷，希望人間有交流的溫暖。最後一行「奔流的小溪」就是同情交流的意象。作者曾自云：「盲人雖然沒有看見過世界，透過聆聽或學習，在腦海中建構的風光，應當超越我們所能想像，也超越了詩、畫或是電影的能量。眼明的世人，卻往往要到超現實的世界，往往要到夢境中，才會理解情感造成的不安與傷害。」

不忍——詩致林義雄

◎許悔之

讓蚯蚓繼續翻身在土裡
在最接近天空的蘭陽盆地
整座平原宛若一架鋼琴
母者和孫女是斷去的那根弦
這一次，她們並沒有時間
可以彈到高音C

所有的蚯蚓都將繁殖在這裡
春雨像飛針刺痛了
土地的背脊
善良的靈魂猶依依
不忍登上從空而降的天梯
她們一再徘徊

她們躲進雨中的一棵油加利
大樹堅強地挺直了腰桿
不忍讓她們看見
那彎下身來而抱面痛哭的自己
但終究，還是有一些滾燙的雨滴
穿過了樹葉之間的縫隙

品評

許悔之（一九六六—），臺灣桃園人，曾獲多種文學獎及雜誌編輯金鼎獎。曾任《自由時報》副刊主編，《聯合文學》雜誌及出版社總編輯，二〇〇八年與友人創辦有鹿文化公司，擔任總經理兼總編輯。其詩作探索個人的抑鬱悲哀，生命的苦痛與解脱，風格秀異。代表作如《遺失的哈達》、《當一隻鯨魚渴望海洋》、《有鹿哀愁》等。

〈不忍〉這首詩的副題寫明是要送給林義雄的。林義雄曾任臺灣省議員，是戒嚴時代黨外的政治菁英，一九七九年美麗島事件後身陷囹圄，次年二月二十八日，他的母親及雙胞胎愛女於自宅慘遭殺害。一九八四年林義雄出獄，翌年赴美讀書，獲哈佛大學公共行政碩士後又轉赴英、日等國研究政治學。一九九一年創辦「慈林文教基金會」，欲以圖書出版及教育的方式發揚慈悲、希望、愛的精神。一九九八年當選民進黨主席，兩年後辭去主席職位，轉而關注公眾議題。

這首詩以蚯蚓的「繼續翻身」、「都將繁殖在這裡」，暗示生命的奉獻、無怨（如蚯蚓的疏鬆土質、分解有機物，從而增加植物生長養分）。也由於蚯蚓這種環節動物存身於土壤中，自然就引領讀者將眼光定焦於土地上。

第一節，詩人說蘭陽平原如一架鋼琴，意思是只有故鄉（林義雄為宜蘭人）能如音樂撫慰傷痛的心。生命是一首傳唱的歌，而今母親與女兒竟成了斷弦。第二節寫善良而遽亡的逝者（林義雄的母親及雙胞胎女兒），其靈魂亦在故鄉上空依依徘徊，逼出第三節親情的難捨和悲痛：即使堅強如一株大樹的林義雄，也要彎下身來抱面痛哭，留下滾燙的淚水。

詩人楊牧同一時期作有〈悲歌為林義雄作〉一首，載《楊牧詩集Ⅱ》，讀者可參閱。

鹽

◎瘂弦

二嬤嬤壓根兒也沒見過退斯妥也夫斯基。春天她只叫著一句話：鹽呀，鹽呀，給我一把鹽呀！天使們就在榆樹上歌唱。那年豌豆差不多完全沒有開花。

鹽務大臣的駱隊在七百里以外的海湄走著。二嬤嬤的盲瞳裡一束藻草也沒有過。她只叫著一句話：鹽呀，鹽呀，給我一把鹽呀！天使們嬉笑著把雪搖給她。

一九一一年黨人們到了武昌。而二嬤嬤卻從吊在榆樹上的裹腳帶上，走進了野狗的呼吸中，禿鷲的翅膀裡；且很多聲音傷逝在風中，鹽呀，鹽呀，給我一把鹽呀！那年豌豆差不多完全開了白花。退斯妥也夫斯基壓根兒也沒見過二嬷嬷。

品評

瘂弦（一九三二—），本名王慶麟。生於河南南陽。青年時代於大動亂中入伍，隨軍輾轉來臺。曾應邀參加美國愛荷華大學國際創作計畫中心，並自威斯康辛大學獲碩士學位。主編文學雜誌及聯合報副刊等重要期刊數十年，文學經驗博大精深。其創作成就見諸《瘂弦詩集》，刻畫離亂世代的心靈，語言風格獨特，影響廣遠。

「嬷嬷」一詞，北方用為老婦之通稱。「退斯妥也夫斯基」，俄國小說家F. M. Dostoisvsky（一八二一—一八八一）一譯杜思妥也夫斯基。代表作有《窮人》、《死屋手記》、《罪與罰》、《卡拉馬助夫兄弟們》，是一位同情卑微人物，探討被壓抑人民的驚懼與痛苦的偉大作家。

〈鹽〉詩突出的是社會民生問題，包括詩人對制度的批判，對官僚冷漠無情的抗議。學者劉紹銘說得好：「二嬤嬤雖無名無姓，在本詩的地位，卻是民國以前一切苦難中國人的百家姓，是陳李張黃何，是歐周胡馬麥。」

詩人首先以豌豆沒有開花的意象表明收成無著，「天使們就在榆樹上歌唱」，對照呼喊鹽的老婦人，顯見得天使並不關心民間疾苦，以此諷喻使詩思因此而豐饒起來。瞎了的二嬤嬤耐不住荒年之苦，悲哀地叫著「鹽呀，鹽呀，給我一把鹽呀！」這句話在後二節也一再出現。鹽是生命不可缺的物質，因此鹽是詩人眼中的生命。「鹽務大臣的駱隊在七百里以外的海湄走著」，他們離二嬤嬤太遠，絕不會關心到她的死活。「天使們嬉笑著……」跟她開玩笑，二嬤嬤絕望了。武昌起義成功那年，二嬤嬤已上吊走了，「走進了野狗的呼吸中，禿鷲的翅膀裡」，而「那年豌豆差不多完全開了白花」，婦人沒趕上好日子，只留下很多聲音傷逝在風中。這首詩的張力全在轉折間的悲劇性。

二嬤嬤沒見過退斯妥也夫斯基，表示她的窮苦並沒有得到擅長描寫窮苦之人的作家的注意；退斯妥也夫斯基也沒見過二嬤嬤，表示退氏儘管偉大，卻不可能關切到中國來。第二節第一行的「七百里」，不僅實寫她住的地方與海的距離，也形容權貴大臣與民生疾苦離得很遠；「一束藻草也沒有過」不僅寫二嬤嬤住在北方內陸沒見過藻草，也象徵盲瞳的死白，看不到代表綠色生命的藻草。

楊牧曾讚揚這篇作品是少數屬於寓憐憫和批判冷肅的新詩，值得細細品味。

這一天，讓我們種一棵樹

◎李敏勇

這一天
讓我們種一棵樹
每個人
在我們的土地
在自己的心中
在島嶼每一個角落
在掩埋我們父兄的墓穴
讓我們種一棵樹

聽到叫喊的聲音
看到血流的影像
但
讓我們種一棵樹

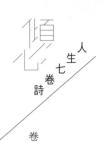

不是爲了恨
而是愛
讓我們種下希望的幼苗
而不是流出絕望的淚珠

讓我們種一棵樹
不是爲了記憶死
而是擁抱生
從每一株新芽
從每一片新葉
從每一環新的年輪
希望的光合作用在成長
茂盛的樹影會撫慰受傷的土地
涼爽的綠蔭會安慰疼痛的心

讓我們種一棵樹
做爲亡靈的安魂
做爲復活的願望
做爲寬恕的見證
做爲慈愛的象徵
做爲公義的指標
做爲和平的祈禱

讓我們種一棵樹
做爲一種許諾
做爲一種堅持
樹會伸向天際
伸向光耀的晴空
伸向燦爛的星辰
樹會盤根土地

守護我們的島嶼
綠化我們生存的領域

品評

李敏勇（一九四七—），臺灣屏東人，中興大學歷史系畢業，曾用傅敏，李溟等筆名發表作品，為「笠」詩社重要成員，曾任臺灣筆會會長。著有詩集《暗房》、《鎮魂歌》、《野生思考》、《戒嚴風景》等，語言簡淨，思想冷冽，為二〇〇七年國家文藝獎得主。

這首詩原有副題，注明為「二二八」事件祈禱公義、和平而寫。「二二八」事件發生於一九四七年。一九四五年臺灣光復，國民政府接管政策失當，未贏得民心，更因軍隊鎮壓而造成省籍對立、相互殘殺的不幸事件。以動亂初起於那年二月二十八日故稱「二二八」。李敏勇無意為「血淚的影像」遮掩；土地確曾受傷，心確曾疼痛，仇恨曾經萌生，公義曾經模糊，只留下一片歷史蒼茫。與其記恨、記死，不如種一棵樹，擁抱生。種一棵樹作為堅持守護家園的象徵，種一棵樹作為祈求寬恕、伸向光明的許諾。

這首詩的胸懷開闊，其動人的力量也在此。「讓我們種一棵樹」，重複六次，加上變奏，令人印象深刻。這棵樹既種在土地上也種在心中，句型的類疊、排比，使本詩之音調趨於禱歌式的單純，映出一片淚落後的澄明。

如何看待一樁不幸的歷史？從這首詩可以看出李敏勇的情理世界、生命思考。他以詩篇印證了詩觀：「希望讀者從一首詩中，不只獲得教養，更能獲得慰安和啟示……。」

我的姓氏

◎向陽

0. A-Wu

一六二四年吧
我，A-Wu誕生
在Tayovan的廣闊平野上
麋鹿成群，野草高聳
迷路的童年，我走入群山
下探擁抱著美麗海灣的岬岸

奇異的帆船、紅髮藍眼的兵士
托槍，魚貫走上岸來
我，A-Wu冥冥中感覺
命運即將擺弄我，以及我的族人

爲這群陌生的侵入者
飼養麋鹿，剝製鹿皮
直到我們力盡精疲

十二歲時，我與同齡的族人開始接受
這群來自遙遠的外海的侵入者
教育。學習羅馬字，學習諾亞方舟的故事
上教堂禮拜，哈里路亞
慢慢忘掉我舌頭熟悉的濁音
學習新的書寫，我叫
Siraya

1. 阿宇

一六六二年吧，我三十八歲
麋鹿已然稀少，冬風吹過龜裂的土地

一如我長年種作的雙手
龜裂的還有田野、河川
風中瑟縮著頸子的
是我營養不夠的牽手

同樣在童年曾經迷路的山道上
我俯望Tayovan的港岸
旌旗飄揚，照耀港岸的落日
身穿鐵鎧鐵甲的兵士整隊上岸
我，Siraya，已經可以預見
不同的時代，同樣的命運
即將降臨

旌旗飄揚，飄在驚奇的族人面前
他們自稱爲「漢人」，說著我不懂的話

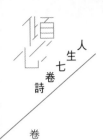

我是Siraya，他們說我是「西拉雅」
連同我的名字A-Wu，也被更改
以著奇異的書寫，在我眼前耀武揚威
：阿宇

我不知道這是不是我？阿宇
它被書寫在番契上
因爲它的出現
我耕種的土地，我童年的記憶
都紙一樣被撕掉了

這是我嗎？阿宇
阿宇的牽手這年也回去見阿立祖了

2. 潘亞宇

一六八四年吧，年輕的A-Wu睡著了
睡在迷路的山中，不再回來
睡在麋鹿的皮下，不再出現
而我，六十歲的老人
拼命找他
A-Wu！A-Wu！A-Wu！A-Wu！
直到屋外有人呼叫「潘亞宇」爲止
潘亞宇，就是我嗎，穿著漢人衣飾的
我，就是潘亞宇吧，這是康熙二十三年
我已習慣使用河洛話，使用字典
潘，是皇帝所賜的
榮寵，頭上的稀疏的髮辮
旌旗一般，召喚著壯年時代我的驚奇

我是，潘亞宇

童年的我，叫A-Wu
壯年時，叫阿宇
想了六十個年頭
終於搞得一清二楚
在油燈點亮的夜裡

3. 潘公亞宇

這是我嗎？
潘公亞宇。這幅精緻的碳筆畫像
掛在焚香的廳堂牆上
彷彿我壯年時代看到的奪我土地的漢人
唐山裝扮，頭上戴著絨帽
眼光炯炯，白色的鬍鬚宛然冬天的菅芒
飄動的
這樣栩栩如生的漢人的容貌啊

叫我即使在離開Tayovan
三百多年後的今日都還害怕驚懼
這是我嗎？潘公亞宇
之靈位。香火嬝繞，一塊木牌
臨著的是潘媽劉氏，之靈位
流逝的歲月，從一六二四年開始
這是當年的A-Wu和他的牽手嗎

潘公亞宇，祖籍河南，來台開基祖
罪過啊，我A-Wu居然取代了阿立祖
在這逐漸昏黃的公媽廳中
接受看來是我子孫
卻又不是的漢人膜拜

他們依序上香
年老的潘亞宇用著我聽不懂的日本話
中年的阿宇用著我聽不懂的中國話
年輕的A-Wu用著我聽不懂的番仔話
他們，依序，上香，沒有一個人
使用我們Tayovan，三百年來我連夢中也沒忘掉過的
熟悉的濁音

這是我嗎，潘公亞宇
這是我的子孫嗎，潘公亞宇之十六代孫、十七代孫
一九九八年吧
我彷佛又被拉回十二歲時成群的麋鹿中
迷失了回家的路途
野草高聳，姓氏不明

品評

向陽（一九五五—），本名林淇瀁，臺灣南投人，政治大學新聞博士。曾任自立報系總編輯、總主筆，現任國立臺北教育大學臺灣文化研究所教授、吳三連獎基金會祕書長。曾獲吳濁流新詩獎、玉山文學貢獻獎、新詩金典獎、金曲獎傳藝類最佳作詞人獎。其詩作除長於抒寫個人情思，亦關注臺灣的歷史變遷、政治軌跡，表現傑出。著有詩集《亂》、《向陽詩選》、《向陽臺語詩選》等。

〈我的姓氏〉以自我認同為題旨，演繹臺灣原住民西拉雅族（Siraya）三百年來被統治、被異化的過程。

全詩分為四章，從0到3各有小標題，標示不同時代同一敘事者不同的姓氏稱呼。例如第一章，十七世紀前期，荷蘭人還未佔領臺灣時，他的族人生活在「麋鹿成群，野草高聳」的Tayovan平野（原指臺南安平一帶，據稱即「臺灣」一名的由來），那時他用族語發音的名字是「A-Wu」；第二章，一六六二年鄭成功軍隊驅逐荷蘭人，統治了臺灣，他的名字變成漢字書寫的「阿宇」；第三章，一六八四年清朝治下的臺灣，賜他「潘」姓，名「亞宇」。潘姓很可能是因被視為番，住在水邊，所以姓加上三點水的偏旁；第四章，時間落在一九九八年，已過世三百多年的潘亞宇的牌位上寫著「潘公亞宇」，他詫異這按照漢人倫理加一「公」字的尊稱，他迷惑：這是我嗎？最弔詭的是族群源頭變了，族群的歷史竟起源自被殖民的一代，他成了「開基祖」，竟取代了西拉雅的祖靈（阿立祖）。

「不同的時代，同樣的命運」，殖民者的剝削、生活的艱辛、身世的迷惘、找不到根土的悲哀，使這首詩的意涵十分深沉。

卷七◆社會關懷

國家圖書館出版品預行編目資料

傾心：人生七卷詩／陳義芝編著. －初版 . --
臺北市：幼獅，2019.3
面； 公分. --（詩歌館；2）
ISBN 978-986-449-140-7（平裝）

851.486 108000039

‧詩歌館002‧
傾心：人生七卷詩

編　　著／陳義芝
出 版 者／幼獅文化事業股份有限公司
發 行 人／李鍾桂
總 經 理／王華金
總 編 輯／林碧琪
主　　編／林泊瑜
編　　輯／周雅娣
美術編輯／李祥銘
總 公 司／10045臺北市重慶南路1段66-1號3樓
電　　話／(02) 2311-2832
傳　　真／(02) 2311-5368
郵政劃撥／00033368

印　刷／崇寶彩藝印刷股份有限公司
定　價／250元
港　幣／83元
初　版／2019.03
書　號／983046

幼獅樂讀網
http://www.youth.com.tw
e-mail：customer@youth.com.tw
幼獅購物網
http://shopping.youth.com.tw

行政院新聞局核准登記證局版臺業字第0143號